ZUI
Zestful Unique Ideal

最世文化
Shanghai ZUI co.,Ltd

所有关于爱的

主编 郭敬明

10th anniversary
《最小说》创刊十周年
☆书系☆

湖南文艺出版社
HUNAN LITERATURE AND ART PUBLISHING HOUSE
博集天卷
CS-BOOKY

友情像夏天里的风扇，抑或冬天里的炭火，大部分时间里都是以一种平和而稳定的状态存在着。而爱情呢，更像是试管里的化学药水，抑或雨后阳光下的虹，是捉摸不定，游离易碎的。

郭敬明

必须死死守住，不交由任何人的那把钥匙。如果它需要更多生长出的荆棘来锁住门眼，就让它们从我的心里胸里随便哪里都行，让它们穿过血管和骨骼去尽情地生长吧。

落落

安东尼

人二雄 先生说 世界上只有两种人 寂寞的人 和不知道什么是寂寞的人

谢谢你来了，谢谢你闯入我的生活，你是陌生人，你是破坏者，你是害惨我的人，你是拯救我的人，你是山高水远来找我的人，你是一个眼神就可以看透我的人，你是我最亲爱的敌人。

吴忠全

那些孩提时的无知无畏，那些任性，那些不成熟，
在理性的念头萌芽之后逐渐被吸收殆尽，生出红色
的只绽放一瞬的花。

爱礼丝

序

一千零一页

文 / 郭敬明

在眨眼的瞬间，时间就能摆动出浩瀚的涟漪，而十年，只是裙摆上浅浅的一道褶皱，褶皱里承载着，一代人单薄而又孤单的青春光景。

《最小说》创刊十年了。

那时候的年轻人，比现在寂寞多了。没有纷纷扰扰的社交软件，没有放不下的智能手机。只有压得喘不过气来的模拟考卷和厚厚的参考习题。而那时，每个月薄薄的一本杂志，就成了很多年轻人灰色天空里的一抹亮色。

我和当初共同创立杂志的伙伴们，从二十出头的年轻人成长到了如今的而立之年。这意味着，当初最早的一批读者，也从十几岁的少年，离开学校进入社会，开始品尝人生百味。很多人开始谈恋爱、结婚、生子，也有人依然孤单地生活着。无数人在时间的浪潮中起伏跌宕，无数人的“十年”装订成一本厚厚的年鉴。

那时候的我们，每个月都为选择什么样的故事，用什么封面，有什么有趣的选题而绞尽脑汁。年少的心气在成长里渐渐泯灭，回首沿路十年的心境和路径，我们欢欣鼓舞，我们饱含热泪。

我们留下了浩如烟海的文字。

随着年龄增长，我越发感受到文字的力量。时间在流逝，记忆会模糊，人们相聚又分离，谁也无法确切知道未来会是怎样的光景。只有文字确实地留存着，白纸黑字，忠实地记录着此时的我们已经无从确认的属于遥远时光的情绪和思考。

而再次阅读这些文字的我们，仿佛拥有了某种保存时间的能力。

从 2006 年至 2016 年，最世文化走过十年岁月，签约上百位作家，出版上千本图书，在《最小说》发表的文章难以计数，它们当中的许多篇章，都在曾经的岁月里，打动着每个月几十万个读者。我们选择在十周年纪念之期，推出十周年文集，收录历年部分《最小说》千元大赏、大奖、金赏和 ZUI 作家作品，以及签约作家的代表作、优秀作品，集成五本，作为《最小说》十年来的精华，供读者们收藏回顾。

这将是一次前往旧时的闪亮旅程，跟随那些灵光乍现的文字，我们将看到已经一去不再回来的青春岁月。离我们已经很远的考试、同桌、宿舍、初恋、孤单……所有时间的碎痕，给养起我们的生命。

我想，在无所不容的时间面前，我们的感情同样有着相似的力量，人与人之间撞击出的能量，汇聚成文字，一个个不起眼的小字，连接组合到一起，便拥有了凝固时间的魔法。时间、文字与情感，这三者的集合，便是浩瀚所能代表的一切无尽。

感谢你，陪我们度过的一千零一页。

目录

CONTENTS

所 有 关 于 爱 的

所有
关于爱的

郭敬明

郭敬明

中国畅销小说家，导演，编剧。

上海最世文化发展有限公司董事长，《最小说》杂志主编，《文艺风象》《文艺风赏》杂志出品人，“80 后”作家群的代表人物，青春文学市场领军人物。

已出版作品：《幻城》《夏至未至》《悲伤逆流成河》《小时代》系列、《爵迹：雾雪零尘》《爵迹：永生之海》

导演作品：《小时代 1》《小时代 2：青木时代》《小时代 3：刺金时代》《小时代 4：灵魂尽头》《爵迹》

一

写下这期专栏的今天，我刚参加完《小时代 3：刺金时代》的新闻发布会，这也是《小时代 3：刺金时代》首次召开发布会，公布电影定档 7 月 17 日上映，一年一度的暑期档，让“小时代”与你为伴。此外，还公布了九张 KISS 海报以及陆烧（陈学冬 饰）的定装照。当我发布了这两条微博之后，很快它们就分别成了 24 小时热门微博的第一位和第二位。这当然让我感到欣喜——观众对《小时代 3：刺金时代》的热切关注是我们最有力的后盾，但同时，我也深感肩上的压力越发巨大，如何做得更好，如何不辜负影迷们的期待，如何将这群人物的故事展现得更加淋漓尽致……我每一天每一天都在思索着这些问题。

发布会举行于 2 月 12 日，九张 KISS 海报同时也是我们电影对两天后的情人节的一种祝福。提到“小时代”，大家最先想到的当然是四姐妹的友情，但同时姐妹们各自的爱情，也是这个故事里浓墨重彩的一笔。《小时代 3：刺金时代》里，关于爱情的篇幅会有所加重，我有时候觉得，友情像夏天里的风扇，抑或冬天里的炭火，大部分时间里都是以一种平和而稳定的状态存在着。而爱情呢，更像是试管里的化学药水，抑或雨后阳光下的虹，是捉摸不定，游离易碎的。

同时公布的陆烧定装照，也预示着《小时代 3：刺金时代》里即将上演的爱恨纠葛，看过原作小说的读者当然知道会发生什么，但电影里将有更多你们料想不到的发展。把自己的小说改成剧本，再拍成电影，感觉是把这个故事重写了一遍，有属于记忆中难以忘怀的片段，更有柳暗花明又一村的新鲜。

二

说了半天，我突然想起情人节那天我们的拍摄是要继续的，想想要面对剧组里那些已婚 / 已恋人士幽怨的眼神，已感到不寒而栗（……）。首当其冲的，应该就是我们的女主角吧……

小幂同学最近在我们剧组换了新称号，以前都是叫“小幂”“幂姐”或者直接叫林萧的，最近大家纷纷改口，改称“老佛爷”。原因嘛，当然是因为她如今可是全组上下最金贵的孕妇啊。

不过我得说，这位老佛爷真是我见过的最敬业最酷的孕妇——在她新婚的第二天，她就从国外的结婚地飞回上海，下飞机直奔拍摄现场，演出了一场非常考验演技的情绪重场戏，并奉献出了一场充满爆发力的精彩表演。

现在，我还不能透露那一场戏的剧情，但一年之后成了新娘并且即将成为母亲的小幂，让我感受到了她的成长。《小时代》的小说陪伴了她的少女时代，《小时代》的电影见证了她的蜕变，林萧这个横跨了三部电影的角色，有足够的转变深度去提供她展现演技的舞台。现在，还有几场关键的重场戏在等待着她，林萧和陆烧，林萧和顾里，四姐妹……而我也等待着这位年轻的女演员，带给我更多的惊喜。

三

不只小幂饰演的林萧，时隔一年后大家聚集在一起再次进入“小时代”的世界，我最大的感受就是大家都有了进步。四姐妹里，采洁塑造顾里时越发气定神闲，碧婷、小 hold 两个新演员也从《小时代》1&2 时的青涩稚嫩进步得可以担当起更加考验演技的大情绪戏。我和演员们也聊这件事，也许用采洁讲过的一句话来解释最恰当，她说在演 1&2 部的时候，她们都还在试图塑造这些角色，都是小心翼翼的，这些角色在小说里已经太深入人心，她们要还原出读者心中的人物，谁都是提心吊胆的。而到了第三部，读者和影迷都已经完全接受了她们作为这些角色而存在——杨幂的林萧就是林萧，郭采洁的顾里就是顾里，郭碧婷和谢依霖就是南湘和唐宛如……而她们也经由之前两部的塑造过程，确立了对这些人物的理解，得以全身心地投入到熟悉的人物当中。

四

所以，我有时会觉得，《小时代》是有一点神奇的。它也许不够成熟老到，不够十全十美，但它会让人产生一种熟悉的亲近感，无论是演员们再次合作时默契的配合与轻松的相处，还是观众们等待这个夏天与老朋友再会一般的心情，都让我觉得，原来不只是我在爱着这个故事这群人物，原来还有这么多这么多认识的不认识的人，在以自己的方式与这个故事和这群人物相遇，相爱。

也许这便是这个小时代里，所有关于爱的小时代。

CIAO

落落

落落

上海最世文化发展有限公司签约作者

目前为止，人生最喜悦的事，排在第一位的还是“写完了很喜欢的一个故事”。

已出版作品：《年华是无效信》《那些生命中温暖而美好的事情》《尘埃星球》《须臾》《不朽》

《千秋》《万象》《剩者为王》《剩者为王Ⅱ》《有生之年》

一

那会儿我身体整个坏下去了，右手开始举不起来，血液像沙子在流动，它们终归会堵塞到一起，试图达成一个完美的残障。我身体软得像找不到骨头，骨头都去哪儿了，每根都叛离了岗位，简直是一个因为外面阳光太好而落得人去楼空的办公室。我当然大部分时间卧床，不能坐得太直，不然就立刻头晕。那种眩晕很奇怪，节奏好得很，好似有人做了促狭的指挥，让它们一、二、三、一、二、三地均匀而无限。

我坐在床上，分辨嗅觉中的那股怪味是来自外界某堆腐败的垃圾，还是我自己的鼻子经受不住其他器官的诱惑加入了灭亡的潮流。来打扫的阿惠当然是一点点明目张胆了起来，“背着我”偷吃东西或者偷藏零钱的那个“背”着已经懒得再转得标准些，有时候她觉得我是睡着了，她端着一双好奇的犹如参与科学实验的眼睛，一点点观察一个人体是怎么坏掉的，是怎么一点点失去了被生命照耀到的价值，她在那时看得入神点，就干脆直接正面迎着我站，手从一旁的糕点盒里抓出一块糕点来嚼在嘴里，好像我是一个还算精彩的短片，值得她配菜来边吃边看。

阿惠那天掸尘时弄掉了墙壁上的几幅镜框，我也没有睁开眼，她大概觉得我是真的快要不行的人。镜框砸在衣柜上，互相磕出点痕迹来，有两张照片直接在镜框里歪了，这么一来，我像是把所有身体的重量都朝周压下去似的，无赖式地蹭着他站，我知道的，不用看也知道。闭着眼睛的时候并不是完全地把眼睛闭死了，总透着光，有光就有视力，看得见挂在墙上的镜框，镜框里的人，镜框里除了人还有海，有天，有花吧，有花会更好看点，毕竟托了福，都是好天气。

阿惠请了三天假，所以房间里的怪味儿也许真的是哪里死了什么，除了我的某些部分外，连带着这个房间也跟着自暴自弃了一点。她弄掉的镜框，说是后面的双面胶失去黏性了，所以也粘不回原位去，那就这么摆到一边吧。

我的血流起来都是沙沙声，手指搭到脉搏上，能摸清它们每一颗。

我觉得这样也不算坏。真的不算坏，越是这样半糟不糟的，越是这样动弹不了，越是这样不行的时候，我躺在床上，一点点地想着周。没有任何企图和指望地想。毫不绝望地绝望想起他。

这份合适其实是异常温暖的。不难过。

二

周在大学里跟我同在一个系但也隔了两个班，用“认识”形容都很勉强，别说“熟悉”了。随后有一天，入秋没多久，很合理地我重感冒病倒，但赶着之后的考试又不得不临时抱佛脚，在公共自习室里，和以往一样塞着耳机复习。后来才知道，满屋子原来都回荡着我此起彼伏的吸鼻涕声，而用来当这个“后来”的分界线的“直到”，就是有人在后面敲我的背，在我转头后给了我一个很嫌恶的表情。

周给我的第一副模样就是这样的，抵触地皱着眉，自习室里的灯光让他看起来异常地不近人情，反倒是他的女朋友在旁边友善地拿胳膊肘捅捅他，结束了他不满的提醒。

一个恶狠狠的周，女朋友挺漂亮的，自习室没暖气能怪我吗，我的衬衣里积了一层黏黏的凉汗，不知道是不是在那短短几秒里渗出的，快搞不清楚自己到底是冷还是热了……全是碎片般的胡乱念头。

因为同寝室的两个人打架差点闹出人命，我总算以这个为借口和父亲提出了去校外租房，钱很快由他秘书打了过来，哦，不对，其实提租房的短信都是给他秘书发的，但无所谓吧，给钱就行了。

第二次，几乎是四五个月后了，从租住的小区走出来，北方的城市入了冬，天空脏得近乎油画布，别人总是嫌嫌嫌，我脑子大概是有病，站着要看一会儿，忍不住就想其实挺有味道的，这个城市的天空。想要是自己学会抽烟的话，也许会引以为豪呢，吞云吐雾间弄得像自己也参与了这份作画。

我冒出“学会抽烟”的念头，因为在门口的杂货店看见周，第二次。他用腿撑着一辆自行车，坐在上面边抽烟边刷着手机。这时候才意识到他很高，一条牛仔裤拔得一眼几乎扫不全，但不管坐着还是站着，没变的仍然是看起来很不好打交道的样子。只不过在我走进杂货店要买方便面的时候，他没看我，却把车头往旁边歪了过去，腾出了一个口子，又慢慢用鞋刮两下地，移到了马路边沿。而当我提着薄薄的购物袋走出杂货店的店门，周正好抬头，看了我一眼。当然接着就是那种很微妙的“哦好像我们同校但其实我也没什么把握，随便吧管你是谁”的界限划定，他很快又恢复了一个彻底陌生人的表情，夹着烟的手支在膝盖上，扭过头朝其他地方张望。

我租的房子，对面是个意大利老外，对她那种热情得要死的民族，说实话我是怕的，但她隔三岔五在楼道遇到我还是会很亲切地上来和我打招呼，我真希望可以靠自己一己之力教会她中国人都是多么善忍和擅藏，大概在她也没有意识到的地方，其实正发生一场中西文化的较量吧，看是我躲得过去，还是她的贴面礼仪能够胜出。

走廊上“乔，ciao，ciao，乔，乔——”的声音又响起来，我从来都弄不明白到底里面哪几个发音是在喊我的名字哪几个是打招呼的意大利语，要是知道日后会认识那么一位意大利人，我大概决计不会让自己投胎到姓乔的这户人家，这么想也真挺好笑，我对我父亲的厌恶都至少看在他有钱的面子上没让我产生想改姓的冲动。

意大利人叫索妮娜，快四十岁，之前在那不勒斯开饭店，男友要来中国，她就关了饭店收拾了行李跟过来，和她一贯的做派保持同样基调的不羁和浪漫。毕竟是开过饭店的，隔三岔五做各种意大利菜，加上见我时常提着方便面晃回来，立刻不由分说地要共享她做的各种手艺给我。

我在难以分辨的“乔和 ciao”里站住了，索妮娜捧了一块类似蛋糕模样的点心站在那里，对我说这份给我，今天是她恋人的生日。我想想算是盛情难却，收了下来，说替我祝她男友生日快乐。索妮娜果然在随后问了上来，乔，你没谈恋爱吗，多好的年纪啊。我说，没有，没找到没兴趣没什么冲动，理由能有一堆，只不过最后还是简略地直摇手说没有。索妮娜却又问我那有喜欢的女生吗?

没有。

三

宿舍里两个闹翻的家伙在学校食堂前又遇到了。倒霉的我掺在里面，开始只不过是想好心地劝架，但我果然是又被忽略到一旁。其中一个人搁下手里打好水的热水瓶就要开战。热水瓶在台面上放出了他的气势，瓶底应声而碎，一瓶的热水涌了出来，大部分都浇到了距离最近的我的裤腿上。

那个瞬间我几乎已经忘记了，我傻眼了一瞬，没办法觉得烫觉得痛觉得火辣辣，我就呆了那一秒，直到——我又用到这个词了——直到不知什么时候出现的周飞快地抓了我一把，把我按到冷水龙头下，他卷起我的裤腿然后开大水龙头放了冷水。啊，到这里我还回忆了起来，周居然能想到在那之前先试了试水温才把我拖到水柱下。

第三次周是以出手相救的陌生好心人身份登场的。然后整个过程里好像还是没什么话，他有没有问我什么，对我两个蔫儿了的室友说什么，我没印象了。最后他女朋友来了，周表示“就走”，然后跟我开口说了句“找医务室看看吧”。

我和周是不是从那次后算得上认识了呢，不知道他对“认识”的定义是怎样的。就好像我对我和索妮娜之间的“认识”是种怎样的情形也说不上来。索妮娜上次做的蛋糕非常好吃，从没吃过，蛋糕的海绵湿漉漉的，算是很甜了，但加了极重的酒味后就变成不那么女性化，连男生也能豪迈地吃完。去还她碟子的时候见到了她的男友，哦，之前就见过很多次，索妮娜让他来接自己双手忙着腾不出空，她男友是个有白鬓角的意大利男人，接过碟子时冲我挤挤眼睛，说“她骗你的，今天才不是我生日”，然后走到索妮娜身边揽住她，吻了吻她的额头。

到底是不是生日，也不算重要吧，索妮娜想做蛋糕了，想给男友做一个，做了很多份出来，看到我便找了个借口也给了我一份，不然我这种既忍又藏的中国人性格没准又不收了。

索妮娜从来都觉得：“你什么都不说啊。”

四

没什么好说的，不对，从一开始就没什么需要说的。

大三那年暑假，天上掉了一块大馅饼，艺术学院不知什么门路搞了个去意大利交流的活动，名额也给到我一个。还有隔壁班的隔壁班的周一个，她女友一个——我在集合出发时发现的。加上领导和老师，总共大概十七个人吧，我们去了那不勒斯。

隔着十五个人，我在飞机上，在巴士上，也在旅店大堂里，偶尔地看见周。隔着十五个人换来的概率是高还是低呢？应该还是很高了。那不勒斯的天气很好，阳光晒得勤奋极了，女生上面还裹一件外套，但腿已经按捺不住要从短裙下露出来。我后来也换了条短裤，那时总算跟周说话了，我说“上次谢谢你啊”，他看我一眼，是在认，然后说“哦，没什么，后来没事吧”。我说“皮厚，哪能有什么事”。

突然想到，已经中文很好了的索妮娜曾经对我说：“很多时候，真弄不懂你们中国人是脸皮厚还是脸皮薄啊。”我当时只钦佩她可以用到那么地道的中文单词。

但现在回头想想这句话本身，我认为这并不矛盾。完全可以同时存在。

交流活动总是一如想象的充满摆设感，看被设定看的东西，然后硬要发表些感想，连续这么过了四天后，最后一日换来自由活动，难得地被安排去阿玛尔菲海岸线参观。巴士绕着山开了一个多钟头，包括周的女友在内有两三个女生都晕了车，车停了停让她们下去休息了片刻，再回来，周的女友脸色发白地依偎在他胸口，周的手一会儿盖住她的额头。要我说，是很好看的画面，前面的人开了窗，风力恰到好处，吹得头发很温柔地一扬一摆，然后加上光。

车的一侧——我的一侧是无限广袤而深情的海，车的另一侧——我的另一侧是峭壁与悬崖。

到了目的地，所有人疯了一样去拍照去逛小商店，我转了两圈后回到集合地，周的女友握着两支冰淇淋，见了救星似的朝我走来："他不吃，你帮帮我吧？""欸，算了，不用……"果然既忍又藏还害怕的性格，没有一个自己觉得合理的理由就脸皮薄了起来。

周对她女朋友说："你吃不掉就扔了算了，没必要麻烦外人——"

我到在这个当口出声了："那要不还是给我吧。"我对周说，"浪费不好。”

可其实我很清楚，不是因为这个理由吧，和这个理由没什么关系。我只是，听到周说“外人”的瞬间，就在那个瞬间，脸皮薄了下去，又厚起来。

城说小不小，但说大也不大，我老能在溜达的过程里遇见周和她的女友。一会儿是台阶上，一会儿是专卖当地特色服装的门店前，一会儿是海边。感情很好的样子，他女朋友也很可爱。有时候看见我，隔得很远还会对我挥手。我一下子觉得尴尬异常，可千万千万别以为我是在跟踪。真的没有，只是城还不够大。

远远不够大。

一再地遇见。

在海边，大家都好像有了默契似的聚集到了一起，于是有人提议我们拍合影吧，这里的风景更适合不是吗?

队排成了两行半，然后找了一个外国游客为我们按快门。我就站在周的旁边。

事实上我不太记得为什么自己就站到了他的旁边，意识里明明应该隔了十五个人的，但走在这里，离开自己生活的地方远有十万八千里的地方，就发生了变化。在那个地方的自己，挺内向，搞不好也算孤僻，普普通通的大学生，但没办法也没意识做改变，好比要不是认识了索妮娜，平日里根本捞不到什么机会被人请吃蛋糕，那么甜又那么令人头晕的蛋糕。对了，那个蛋糕真的搞得我有点醉，至少胡思乱想变多了，就在我还完索妮娜碟子回家的时候，我不知道为什么突然想到第二回遇见周的那次。他在杂货店门外，撑坐在自行车上，烟和手机，天很脏，像用过的油画布，有气味，然后在我出门的那一刻，他下意识冲我抬起头。

我想是因为蛋糕的关系，我居然觉得，那个画面里，我有过一瞬强烈的错觉他是在等我。

索妮娜到底放了多少酒在里面，这不是蛋糕已经是一种药剂了。

产生幻觉的药剂。

我站在周的旁边——也许是被合影的其他人一点点挤到周的旁边的。挨着他站在海边。光是从我们背后打过来的，所以拍照的那个老外示意这样拍出来不行哦，脸都会暗，但大家都摆手没关系你先帮我们拍吧，然后又很好玩地，一群人转了个 180 度，这次是面朝太阳站了。

我一下子觉得睁不开眼，朝后退半步，就让进了周的影子里。记得我前面说过他很高吧，那种凶凶的身高。

晒在身上的温度是下去了，但随后很快又烧起来。

到最后就是一明一暗两张集体的合影照。

沿着海一点点走，海水很冷了，太阳开始朝远处的海平线融化下去，是一滴奇异的墨水，滴进海里后，会迅速把整个海染成夜色的黑。其他人纷纷指点着海说是那个方向吧，一直下去，那个方向就是我们生活的城市的位置。但无论距离多远，结果还是没有用啊，我到哪儿还是一样的，海滩边有乐队开始奏乐，人们纷纷在其中跳舞，甜蜜而直接，但和我依旧没有关系，我在这里依然改变不了，路边随便一家咖啡厅，都能遇见恋爱中的深吻，我好像看见了不止一位长得神似索妮娜的人，年轻点的她或者年长的她，却同她本人一样，在深深的爱情中，但我到哪儿都还是一样，防线太牢钥匙藏得太隐秘，完全没有因为站在这片赤裸而直接的土地上，就瓦解分毫。

必须死死守住，不交由任何人的那把钥匙。如果它需要更多生长出的荆棘来锁住门眼，就让它们从我的心里胸里随便哪里都行，让它们穿过血管和骨骼去尽情地生长吧。

五

我接到父亲秘书的短信，很准时地每月 20 号发来消息告诉我房租已汇出。给别人看，特别特别像条诈骗短信的那种公事口吻。

隔着那么远的距离和时差，这几天里唯一收到的一条短信，居然也让我不由自主地有点儿难受了。我点开父亲的名字，和他的短信记录里什么也没有。就算有过，在三年前我对他坦白自己的情况后，也就彻底结束了。

但我看着那个空白的信息栏，丝毫不知道可以说什么，或者我自己到底想说什么呢？在这里发思乡病了？根本不是，压根没到思乡的地步。意大利南部很美，值得多待一会儿。

所以我真的能够说什么？像那个最平凡的招呼，说声 CIAO 吗？

在我把手机来来回回左右手换时，老师招呼我们去餐厅吃饭，在餐厅里，周旁边的位置空了下来，他说女朋友之前晕车现在依然不舒服，所以不来了，等会儿帮她把吃的带上去。

他这话是对我说的吧，于是我一边嗯嗯应着一边在他身边的那张空位上坐了下来。

面包、饼干条、盐和胡椒，大块与小块的肉，还有味道非常奇怪浓烈的香草，周手肘撑在桌面上，漫不经心地垂着手腕掰着面包，同时和其他人愉快地聊天。偶尔他也会回头过来跟我说：“你不吃这个吗？”

“哦，吃的。”

“嗯。”

“我吃得惯。”

“是哦。”他已经认为和我之间没什么多余的话题了。

我看着装饰在墙壁上的绘画，还有顶上的吊灯，隔壁一桌桌坐着神情喜悦的意大利客人，更远的柜台上摆满了酒。知道自己是在很远的地方了。

我朝着周说：“好像说这里的柠檬酒很有名，不过你喝吗？”

“酒吗？不喝。”周想了想，然后回答我。

“巧克力也挺好的，你可以给你女朋友带去一点儿。”我从桌上的玻璃碗中抓出一颗，“叫什么来着，说是他们当地人婚礼时最常用到的……”

“康福邸，这个牌子叫歌丽珀。”周也抓了一刻，没拆，捏着巧克力外的塑料小包装。

“你都记得啊。”

周耸耸肩：“不该用功的地方瞎用功。”

“哈，我本来以为意大利人结婚时都发费列罗。”话音落到这里，坐在我对面的承接这两天领队任务的意大利负责人立刻夸张地急忙摆手，用他不利落的英语连连对我说：“No，no，no，ferrero，no，no……”好像这真是一桩必须立刻纠正的事态重大的误会。大家都笑了，包括周在内，他边笑边无意识地拆了手里那颗歌丽珀，大概随后才想起自己不爱吃甜的吧，又放了回去。

“浪费吧。”我说。

“那给你。”他说。

“好。”

从餐厅回到住宿的旅店，周走在我后面，他的声音混着其他人的一起，就算不那么明显但还是很好辨认的。他说“乔”。

发音 CIAO。

我从大堂里往外看，他还在门外和意大利的那位负责人道别。

发音 CIAO。

六

我很想，扯掉那些几乎充满了怨恨的藤蔓，年代久远，盘根错节地织成网织成锁。我很想让里面没有锁眼的心见一见光。既然这是在一个特别遥远的国家了，这里阳光也直白，海也坦然，这里人想怎么爱就怎么爱，不藏也不忍。

我很想不藏也不忍。

但我也知道这不可能。

七

从意大利回来后直到毕业，这中间我只见过周一次。因为他和女友在升入大四后就一起去了意大利读研究生。

之前一同组成的那个去意大利交流的小队伍，最后貌似使彼此之间关系变得紧密了，除了我始终想躲开，但那天大家说举行个小的欢送仪式为周和他的女友送行吧，问我去吗。我回答去啊。

我拜托索妮娜为我做了曾经尝过的那个蛋糕，索妮娜当然抓住机会开起玩笑，送给谁的，也是恋人要过生日吗？

我说，可以多放点儿酒吗？酒味越重越好吃。

但其实不止我一个人带去了蛋糕，所以最后那个蛋糕也许有一大半是被我独自吃掉的。餐厅里他们在碰杯，在扔爆米花，在开酒瓶，周的女友举起一勺汤还是什么，正在和旁人讲话的周转过头来含住，喝下后又继续他之前的闲聊。

最后结束时，赶着这档子气氛和主题，大家都颇不正经地用意大利语对他们两人道别了：“CIAO。”

我对周说：“CIAO。”

周嗯一声，也用同样的发音回答我。

那个带来幻觉的蛋糕又开始发生了作用。

当初到意大利的第一天，我们就知道了，他们频频挂在嘴边的CIAO，既是你好，也是再见。

你好。

再见。

同时发生。

八

我迷迷糊糊地睡了一觉。听到阿惠已经在厨房里磨磨蹭蹭。之前睡着时大概压到手臂，现在里面的沙子流得更慢了。这病有很长一串名字，医生说是源自早逝的母亲那边的家族遗传，所幸不至于治不好，只是时间要很久，但我又提不起那份斗志，拖拖拉拉地想着由它去吧，既然不会死，先这样好了。从大四一毕业开始卧床到现在居然也过了三年。

我再睁眼看一看，镜框被她挂回了原位。一黑一白两张大合影，里面很多人。阿惠之前还跟我打趣过，说："差点没找到你哦。"

"你都不笑欸。"

我回答她什么来着："太阳太大，笑不出来。"

阿惠当然也问过："这是在哪儿拍的啊。"

我告诉她：“意大利。”

“欸，是吗？”她拿着抹布的手停了下来，很明显是要等我随后开始滔滔不绝地介绍这个介绍那个的听众入场姿态。

我还真想了想能介绍点什么，当地人结婚不会用费列罗当喜糖，海岸线风景很好但是得带晕车药，Gelato 冰淇淋要说吗，还是从一开始就告诉她：“你知道吗，我特别倒霉，意大利语里的 CIAO，跟我的姓发音很像很像。”

阿惠也许会问我：“CIAO？是什么意思啊？”

既是你好，也是再见的意思。

所以并不是幻觉，周最后说的不是意大利语，他就是说的“乔”。

既是你好，也是再见。

寂寞的恋人

笛安

笛安

上海最世文化发展有限公司签约作者

我写的故事都是假的，但我知道你会相信。

已出版作品：《西决》《东霓》《南音》《妩媚航班》《告别天堂》《芙蓉如面柳如眉》《南方有令秧》

多年之后的某一天，我发现，我忘记了他们俩的名字。

每一所大学的语言中心都会有蛮壮观的景象，通常情况下，一个班里二十到三十个人，很有可能来自二十到三十个国家。我是在那里才知道原来世界上有那么多五湖四海的文化，有那么多没听说过的职业。也是在那里，我第一次听说，世界上有个国家，叫“特立尼达和多巴哥”。——不对，也许我曾经在评选“世界小姐”的节目里看到过一个来自这里，橄榄色皮肤的美女，不然解释不了我听到这个国家名字的时候，莫名的熟悉。

每一个人都是来学法语的，每一个人都只能用法语跟别人交流。还好，我们这个班是法语资优班，大家还算是可以聊天，不然的话，一群完全没法沟通的人坐在一起学字母表，那才诡异。教室里的桌子是明艳的黄色，原来那就是传说中，巴别塔里面的家具。

那是 2002 年，9 月开始的学期，伊拉克战争快要来了。

每天的报纸新闻里都是关于即将开战的消息，每周的街头都有规模不等的反战游行。1968 年早已成为过去，如今的世界，施暴者和反对者不知为何，都显得脆弱。语言中心里原本是非常祥和的氛围，每个人都是背井离乡，每个人都不由自主地拿出一种不那么真实的羞涩和善意来给别人。所以，德国女孩会在历史课讲到集中营的时候，脸颊红红地对全班同学做个鬼脸，大家也非常识趣地报以哄笑；所以，越南女孩把春卷拿到班里来分给大家的时候，两个沙特男生凑热闹地过来咬了一口，立刻意识到了什么，急急忙忙地拿出去丢掉，越南女孩大惊失色地说对不起，那两个男生也是一副不好意思的表情，说没有啦，是我们没有问清楚……外面那个世界里刀光剑影的壁垒，在我们这儿，都不过是发生在新闻里的事情。

十年后的今天，当我想起当年的那个小世界，也依然心存复杂的敬意。我自然知道也许所有的融洽和温暖不过由于陌生，我自然知道那有多么脆弱，但是，当我在后来的日子里越来越领教到这个世界的狭隘和偏颇，我就越来越怀念 2002 年的那个语言中心，在那里，我们每个人都愿意拿出善意来对待别人。

谁也不知道一切是怎么开始的，那个叙利亚男孩和那个秘鲁女孩，他们在课堂上都不是喜欢发言的人，都沉默地坐在各自的角落。叙利亚男孩总穿着一件黑色的套头毛衣，脸上带着那种中东男孩子特有的，有些压抑的沉静。秘鲁女孩一头深褐色的卷发，精致地垂在胸前，喜欢化妆来学校，但是总穿着很简单的牛仔裤，上课的时候，无意识地，玩弄着挂在胸前的十字架。

一般情况下，八卦是逃不过四周人的眼睛的。也许是那段时间，我们大家的注意力都被日益迫近的战争吸引了。偏偏在我们班里，有一个美国男孩詹姆斯，也有一个伊拉克男孩，当老师在课间坐在露台上翻报纸，把头版头条的“联合国安理会抗议”之类的大标题翻过去的时候，他们就坐在不远处的咖啡机旁边，两个人居然还在谈笑风生。

我们旁人自然看得心惊肉跳，不时有人悄悄问："他们俩不会吵起来吧？"

"应该不会的，你知道，他是伊拉克的库尔德人。"

"什么是库尔德人？"我问身旁的女孩子们。

"总之……想闹独立就对啦。他们可能不会像一般伊拉克人一样那么讨厌美国人的。"

"真是麻烦。"德国女孩嘟囔着。

另一个女孩子轻手轻脚地从他们俩背后绕过去，遥远地跟我们递着眼色，只一会儿，便意兴阑珊地回来："真没劲，那两个人根本不聊政治，居然在交换笔记。"

于是，我们这一群女生都笑了，一边嬉笑，一边嘲笑自己的无聊。

"天哪。"土耳其女孩倒抽了一口冷气，"看那两个人。"

我顺着她手指的方向，以为是美国人和伊拉克人终于不负众望地打了起来，可是我只看见了一对恋人，手牵着手，从台阶上走上来，一人背着一个很大的黑色背包。

是叙利亚男孩和秘鲁女孩。

一个不爱说话的穆斯林，一个妩媚的天主教徒，在这个世界又开始莫名其妙地"圣战"的时候，手牵着手，不避讳旁人知道他们恋爱了。

"苏姗娜。"我突然想起了什么，问德国女孩，"叙利亚人说什么语言的？"

“阿拉伯语。”她肯定地说。

“秘鲁人是西班牙语。”我咬着手指甲，“那就是说，他们俩其实只能用法语交流的。”

“谁说不是。”苏珊娜的笑声总是很清脆的，“上帝，爱情啊。”

然后，那段时间，除了战争，大家讨论得最多的话题，变成了这对恋人。

他们不怎么跟人交谈，我隐约记得，那个男生的法语口音很重，不似北非来的男孩子那么流畅，也不知道他是怎么跟他女朋友讲话的；那女孩——平心而论也好不到哪里去，偶尔上课发言的时候，我都需要集中精神才听得懂她那口带着西班牙花腔的法语。但是，他们上课的时候总是坐在一起，一下课，就并排着走出去，拥挤的人潮里，那男孩搂住女孩的肩膀，似乎是为她挡开了簇拥在四周的人群，然后微微俯下头来，他们俩看似不经意地，相视一笑。用不着懂法语，也看得出，有种温柔在那边不受拘束地洋溢着。

真羡慕他们啊。

尤其是在那个刚刚离家万里的时候，不管怎么样，一个人只要不孤独，就能换来我百分之百的羡慕。

“笛安？”伊拉克男生站在我身边，“你有没有选明天迪埃哈夫人的课？”

“选了的。”迪埃哈夫人对我最好了，在刚刚过去的那个暑假里，还用她的车载着我去看戏剧节，并且在那里跟她的朋友们介绍说："这个中国姑娘是我最得意的学生。"

"那么你……你对战争是怎么看的？"他眼神里有种很认真的执拗。

"我当然反战啦。"我急匆匆地表示，"你放心，就算詹姆斯站在这儿，这话我还是这么说。"

"哦……"他为难地笑笑。

"不过他们都说，你们库尔德人没那么反战，是真的吗？萨达姆是不是真的很坏？不过我倒是相信，核武器什么的肯定都是他们编出来骗人的借口。"——原谅我吧，那时候我才十九岁。

"那个，战争是不好的呀。"他笑笑，走了。

苏珊娜她们笑得前仰后合，过来拍我："笛安，你到底怎么回事，你看不出来吗，他是想约你。你还在扯核武器，你这孩子……"

想约我，干吗不直说呢。算了，不是每个人都能有那对罗密欧和朱丽叶那么幸运的——就连老师，都把那个叙利亚男生和秘鲁女生叫作"罗密欧和朱丽叶"了。

就是那天，战争终于爆发了。美国的火箭弹打到遥远的幼发拉底河边上。萨达姆最终和那块生灵涂炭的土地一起沉坠，成了丧家之犬，时间再往前推移，1990 年 8 月 2 日，伊拉克正式入侵了科威特北部，那天正好是我的七岁生日。

神啊，原谅我们这个世界，好吗？

战争开始那天，迪埃哈夫人告诉我们下周要测验了。伊拉克男生举手说他不能参加，因为他想请假，他想回家去看看。迪埃哈夫人惊呼道："不可以，那儿太危险了。"班里每个人都在劝他，平时跟他关系最熟络的墨西哥女孩径直说："你不要那么蠢好吗，你连机票都买不到的。"

我注意到了，秘鲁女孩就在此刻挨近了她的恋人，叙利亚男孩紧紧地抱住了她的腰。

他们仍旧一言不发。

两年

安东尼

安东尼

上海最世文化发展有限公司签约作者

卧室写字 厨房工作 心中有爱 脚下有风

已出版作品:《红——陪安东尼度过漫长岁月Ⅰ》《橙——陪安东尼度过漫长岁月Ⅱ》《黄——陪安东尼度过漫长岁月Ⅲ》《这些都是你给我的爱》《这些都是你给我的爱Ⅱ云治》《尔本》

一

没什么变化 真的没什么变化

两年前的生活 就是 上课 轻度近视 在本子上写东西 出去玩 想要自己幸福的同时 对别人无害 不知道自己要干什么 可以干什么 寻找百分百恋人

两年后的现在 是 上课 工作 左眼远视 在本子上写东西 本子上的东西 到了 杂志或者书上 仍然到处走 继续追求幸福 希望对别人无害 也还是迷惑 自己将来要干什么 和谁一起 继续以百分百的热情 寻找百分百恋人

为什么 不用自主的写作呢

不怕被你笑话 很多时候我都想哭 不知道为什么

可是 真正意义上的 哭——“因为痛苦悲哀或者感情激动而流泪，有时还发出声音”却从上初中以后就 再也没有过

就算觉得再难过 也哭不出来 只好借助打哈欠 或者 鼻腔用力地小技巧 适时地流出几滴泪水 应景

在小狗家看《shortbus》两个人都光着膀子 蹲在椅子上 当演到 小狗

喜欢的那个男生 录制 给他男朋友的 video 的时候 我滴下大粒泪水

摘下远视眼镜 擦眼睛 小狗说 你哭得真夸张阿 盯着显示屏说 我没有真哭

太阳星座白羊 月亮星座狮子 上升星座白羊 星盘里布满火相星座 也觉得自己是充满元气的人

可是 失落的真实感没有 因此而减少 人二雄 先生说 世界上只有两种人 寂寞的人 和不知道什么是寂寞的人

二

我很喜欢写东西 想起来 江美琪 她的前几张专辑卖得很一般 唱片公司说 如果继续这样下去的话 就不给她发片了［ V ］台采访她的时候 这个并不漂亮的女生 平静地说“我很喜欢唱歌”她没看镜头 可是能感觉到她的 坚定

后来她 一直不温不火 可是有几首歌被 广为流传

不论走到哪里 就算不带钱包 也要带上 灰色呢子质地的软皮本子 一直觉得钱包是消耗品 而我的本子 好像一个储蓄所 只要我 安静下来 就能

把思绪和感动 存进去 这个本子 就是我这两年 写作的源泉

有的时候 灵感到位了 变得 思如泉涌 在本子上飞快地 一下子能写好几十页 隔几日 往电脑里 整理的时候 会发现一些 自己写出来的 可是当时并没有注意到或感受到的 情节和心理活动

我觉得 写东西 让我更好地 看清我自己

在《最小说》上 不写小说 从开始的亲爱的不二 到名词控 都是一些很清淡的东西 一篇几百字一些生活片断 和 微不足道的思绪 写起来的话谈不上得心应手 也算是没有 抓耳挠腮 有的时候 会想 这些文字 被登在每个月销量 五十万册的杂志上 就会觉得心虚

在很多地方看到这个杂志 家里妈妈整理的赠刊 卖书的网站上 书报亭 腔调很好的书店 便利店 图书批发市场 几乎每次走过的时候 都会拿起来看看 然后"我在给一个杂志 写东西"这种没有多真实的感受 便变得真实起来了

然后就 开始准备出书 把之前在《最小说》上登的文字 和日记里的文字 放到一起 串联起来 一个字一个字地 读过去 删除很多字 好像古建筑修复的工程师 小心翼翼地复原着最初的心情 和语气 总是觉得不够好

于是停下来 在 痕痕和 Echo 的鼓励 和小四的鞭策下 终于完成了 拿到样书的时候我在日本 小茧风尘仆仆地从北京赶过来 还没放下所有行李 便抽出来 这本书 开心地说 跑了几个书店 终于让我买到了 在飞机上 看得我直乐 我很喜欢这个封面

后来 小茧去洗澡的时候 我就躺在 旧旧的日式旅馆 狭小的 榻榻米上 翻着我的书 一页一页地翻过去 什么也没往脑袋里进 可是仍然 一页一页地翻过去 后来 我握着它 睡了一个 很舒服 很长又 无梦的觉

三

最开始 去《岛》的工作室 那时候 还在上海马戏团 附近一个公寓里 大厅里有 四五台电脑 就成了他们的工作室 然后 朋友们有各自的 房间 盥洗室里 摆满各种 保养护肤品的 瓶瓶罐罐 大大小小琳琅满目 我提着旅行袋进去 阿亮穿着公主裙 华丽地来开门 小四研究了下我的包 问 是 LV 的 他问我 饿不 我说 饿 然后大家 叫了外卖围着一圈 在茶几上吃着 晚上的时候 围在一起看电影 快睡觉的时候 我躺在床上 小四在赶一个书的稿子 H 拿着几个打印出来的封面 过来问 哪一个好看

后来 我去了猫本 再回国 公司已经搬到了 写字楼的高层 阿亮和痕痕

的 着装脱离了少女路线 清新的OL风格 墙上有几个《最小说》封面的海报 办公室里的人我几乎都认识 因为没事做 就和司机一起 统计投票 中午的时候 大家一起出动 吃KFC

又过了一年多 这次回国 去工作室 提着一个包进去 发现多出了 好多写字台 甚至分出了一个“台湾岛”多出来很多人 有将近一半的人都不认识 刚刚戴了牙套的痕痕问我 饿不饿 我说饿 于是叫了 吉祥外卖 小西同学很有礼貌地 过来聊天 说最近很忙大家都在赶东西 后来我在 工作室待了一个 下午 那个贴着海报的墙 现在已经是 满满一面了 小四来之前助理小叶 把他的桌子收拾干净 把药放到 小盒子里 瓶子里装上橘红色 抗氧化的水 当时的os是 这是在 演电视吗 后来小四来了 活蹦乱跳的 自信满满地说这个稿子交给我吧 那个今天完成吧 然后开始噼里啪啦地打字其间像 卫星一样 游荡在 工作室的每一个角落 下午 他有一个电话采访回答的时候 我觉得他成熟多了 晚上 小四 痕痕 阿亮我们四个去吃日本菜的时候 柯艾众 仍在忙碌着

后来和小四在网上 聊天 讲买房的事 小四说 他准备在 恒隆附近 买个房子 以后把柯艾工作室搬到恒隆那里的 写字间里 生活 工作 买东西都很方便 当时就觉得 除非他以后换了主意 否则一定能办到 这本杂志也会越办越好

四

《陪安东尼度过漫长岁月》的成功 是我们大家都没有料到的 读者的反馈 豆瓣网将近一个月的排名第一 不错的销量 这些都加强了我 写作的信心

寂寞与写作是并行的吗 还是只是 平行 互相审视的关系

总之 会一直写下去 一定会 一直写下去

风与少年的放课后

爱礼丝

爱礼丝

上海最世文化发展有限公司签约作者

热爱人机床合一的少女心生物。

已出版作品：《恋爱习题与假面舞会》《骑誓 · 龙骑士的千年誓约》

头发是跳跃的红色。

光线是摇摆不停的金色。

微微露出的耳朵上是闪耀着的银色。

校服是干净的白色。

从天而降的话音阻截了少女的道路。树顶的枝丫还在晃个不停。阳光被树影撕扯成无数细小的碎片，散落在校服的白色立领上。被风吹起的校服裙摆还没有服帖下去。

卓晓音觉得自己有种错觉，刚刚在树顶说话的男生，此刻，正单膝跪立在她的面前。

“我发现你了！”

平常的一天也就这样不平常地拉开了序幕。

>>>>>>

“什么嘛 ~~~~~~~~~~~~~~~~”

拖得很长的尾音，画了一个并不优美的弧线，随着最后一节课的下课铃声，和话音的主人一起无力地伏倒在课桌上。

啊啊，居然只是社团而已。

晓音第 N 遍想起早上遇见的男生，再次感叹自己的天真。这个世界上果然是不会有什么漫画里的情节存在的。

虽然嘴里说着“我发现你了！”这样的台词。

虽然毫发无伤地从那么高的树上跳下来。

虽然比自己见过的任何男生都要美少年。

但这一切的一切居然只是为了拉人进社团而已。

这么平凡而又现实的目的。

要拉人，牺牲色相就好了嘛。要像早上这样，他跳死就算了，怎么能给了少女梦想又毁了它呢。

晓音有些咬牙切齿。

那什么社团活动，不就是做做样子而已！就算是以综合素质教学闻名的柳秀中学，除了少数运动社团是真正每天活动外，其他大部分社团也只不过是学校的形式主义罢了，而加入社团的同学也大都只是挂个名，在名义上实现了学校的素质教育。她对这样形式化的社团活动可是兴趣缺缺。

不过，有人为了拉人进社团这么拼命也是一件很稀奇的事了。

是什么样的社团呢？都还没来得及多问，不过，我们学校应该没有杂技社吧。

“唉，我果然是漫画看多了呢。”想到这里，晓音忍不住又叹了口气。

下巴在桌面上磕久了，有点痛。四顾一下，连值日生也都已经走了。于是干脆整张脸都奉献给了桌面。反正眼不见为净。

已经第几天了呢？

只是不想要这么早回家。

空荡荡的教室里一如既往地安静。

晓音的脑海里却仍旧吵吵嚷嚷的静不下来。

早晨的少年。随堂测验的答案。昨天偷看的漫画情节。隔壁教学里那张熟悉的睡脸。

慢慢蔓延开的思绪，交错延伸到每一个神经末梢，触动了记忆的某个领域。

“我发现你了！”

猛地抬起头，那张帅气却有些苍白的脸从模糊变成清晰。

接着是坍塌的声音。

莫非该少年登场都要这么惊天动地，晓音默默在心里哀号。

“你，你，你……”你干吗突然凑这么近，吓死老娘了，再靠近一厘米就该吻上了。从椅子上翻倒的晓音看到男生伸出的手，红着脸只说出三个“你”。

手很大，但是握上去却有些冰冷。为什么会这么冷呢？晓音还没有来得及多想，就被拉出了教室。

男生拉着晓音一路小跑。脚步越来越快。放课后的学校好像变成了另一个空间，本该熟悉的走廊和大门都变得有些光怪陆离。

地平线橙色。窗口闪动着金色的光。晓音微喘着气，耳边尽是风的声音。望着男生的背影，有些微乱的头发和被制服立领遮住大半的脖颈。是黄昏的关系吗？少年的轮廓好像随时都可以从前方夕阳的光线里隐去一般。一会儿模糊，一会儿清晰。

他会就这样带着自己消失吗？

如果真的能从这里永远消失好像也不错。

只是不知道另一个世界还有漫画可以看吗？

有卡卡西和爱德华吗？

还有那个人，他会来找我吗？

痛！

直到额头隔着柔软的布料撞上了男生的脊背，才发觉站在了一间陌生的教室门口。

今天怎么这么多灾多难。虽然过去好像也有遇到这样的事情。

晓音想伸手去揉揉被撞痛的额头，却发现牵着的手还没有分开，脸不禁又红了。下意识地将手从男生的手里挣脱了开来。

被甩开的手揉了揉红色的头发。男生转过头，对晓音微微一笑，用很好听的声音说：“对了，忘了说，我叫 Rock，一起玩音乐吧。”

>>>>>>

就好像校服的裙子一定要到膝盖以下。

女孩子必须是清一色的黑色直发。

上体育课的时候，男生在操场的东边，女生在西边。

老师反复在班会上强调着“不要早恋”。

柳秀中学是一所以校风朴实，纪律严明而闻名的重点中学。也因为如此。晓音才对 Rock 这样的男生的存在感到无法理解。

然而更让她无法理解的是，她自己竟也任凭这个奇怪的男生强行登记她为社团成员。

真是上了贼船了。

整个社团算上她居然只有两个正式团员，虽然社团名单列表足足写满了三大张。但是照 Rock 的说法那些都只是为了凑数的幽灵社员。这样的社团居然也能够在学校里存在下去，她真的有些佩服 Rock 的本领了。不说他如何拉到那么多幽灵社员，他从树上跳下的表现还真是够玩命的。

说是一起玩音乐，在人数不够的情况下，社团活动只是 Rock 的个人演唱会而已。虽然晓音对 Rock 钟爱的摇滚乐并不排斥。不过她对如此破烂的社团教室——旧校舍废弃的音乐教室，和如此古怪的社长——竟将自己的社团起个“社团 R”这么个人主义的名字，能否拉到其他社员很有疑问。

当然她的疑问还不仅仅这一个。

“Rock，你真名是什么？哪个班的？”

“嘿嘿，这你就不知道了吧，我可是高中部的名人。说起我的事迹可要讲上三天三夜了……嗯，你有兴趣听吗？”

“……算了，你还是别讲了。”

“你一天要跳几次？呃……我是指那棵树。”

“这可是商！业！机！密！”

“学校为什么让你找了这么个破地方？”

“你认为校长会同意让我坐在新的音乐教室里碰他一万块买的吉他，三万块买的架子鼓和五万块买的小提琴吗？”

“你头发也太显眼了吧，老师没让你染回去？”

“我天生的！”

“去死。”

“我在班主任老公开的发廊染的。”

“……”

“喂喂，为什么要找上我？”

“不是你自己和我说要入社的嘛。”

“我们今天是第一次见面吧？”

“你忘记了？你很久以前和我说要和我一起组乐团玩音乐的。”

“什么嘛，很久以前我根本就不认识你，你不想说就算了。”晓音不爽地别过头去。

男生做了个无辜的表情，但晓音可不吃这套。

于是短暂的沉默后，男生又开了口。

“……其实。”

“其实什么？

“我常常看到你一个人留在教室里。”

“……”早就注意到我了吗？

“所以觉得你应该……”欲言又止的语气。

“应该？”喂喂喂，卓晓音你脸红什么。

“应该是个没事可做，很闲的人！”肯定的语气。

“……”

“不，应该是非常空闲的人！”肯定的语气。

“……”

晓音只是觉得自己要晕倒了。

自作孽不可活啊。

>>>>>>

有些事情太过自然，自然到让人忽略了去问为什么。

比如呼吸。比如思念。比如爱。

如果几年后，晓音回头去问问自己为什么和 Rock 这么快变得熟稔，却没有感觉到奇怪，那一定是因为太自然的缘故。她常常会有种和 Rock 认识了很多年的错觉，特别是在渐渐熟悉了他随心所欲的行事方式和爱强迫人的坏习惯以后。

“喂，你不怕被夹掉啊。”

看到那颗红色脑袋在车门快要关上的那一刻还探头出去左右张望，晓音着实为他捏了把汗。

“还不是你这个死丫头没出现嘛。”

“我刚刚赶上呀。就从后面的门上了，是你自己没看看我。哼，没看到我就自己上车了。”

“本少爷有预感！”

“少来！”

“演唱会要开始了！”

“就知道！”

晓音总觉得自认识Rock以来，他一直在做着各式各样让人惊讶的事。

从树上跳下来拉人入社。

在旧校舍的楼顶上开个人演唱会。

翘掉一下午的课去看地下乐团的小型演唱会。

曾经被Rock拉着跑遍校园的每一个角落，寻找一个“适合活动”的场所。以前从不知道自己也可以这样奔跑。不用在乎飞扬的裙角，不用在乎乱掉的头发，不用在乎汗水湿了白衬衫，紧贴在背上一块，Rock说，很可爱，是一个不标准的心形，爱的力量吗？晓音就一个拳头打了过去。

然后她和他就这样吵吵嚷嚷地度过了一个又一个放课后。

大部分的下午晓音和Rock都会在旧校舍的楼顶上开只属于他们的演唱会。Rock会站在那些巨大的管道之上。摆弄着吉他，哼着他自己发明的曲调。

红色的头发飞扬在夕阳鲜艳的色彩里，燃烧成晃眼的金色。风轰鸣着环绕着少年前倾的身体，应和着他的旋律，穿梭在管道的缝隙之间，将敞开的校服衣摆吹得鼓鼓的。挥动的手臂划破空气，那轨迹交织出一张巨大的网。

声音从网中穿过。

好像可以飞翔起来。

从此那些律动混入了晓音的呼吸。混入了她的血液。

在每个放课后，在无人的校园里，在她每一个细胞里，不断回响。

就像一个小时的车程以后，站在狭小却拥挤的会场里。周围很吵但却可以听到自己心跳的声音，扑通扑通，随着音乐的节奏越来越激烈。

晓音感觉心脏似乎可以从胸腔跳出身体，按捺不住的是那久违的心情。眼前的景色好像模糊了起来，只能感觉到节奏、旋律、嘈杂、混合着急促的呼吸。

突然想起表演开始时，Rock 的眼里闪烁的某种熟悉光芒。

穿过那道光的中心，是两年前为看一场露天的摇滚演唱而和姨父姨母走失的哥哥和自己，那时望着舞台的哥哥，眼里露出的也是这样光芒。

然后穿过一道又一道这样的光，光点的尽头是三口之家的背影渐行渐远。

“结束了，我们回去吧。”

打破梦境的是 Rock 熟悉的声音。

少年习惯性地拉住晓音的手。

凉凉的，却温暖了全身。

>>>>>>

说起学校里生活，想要提起的总是那些可以让人微笑的东西。

课桌里放课外书和零食的那个角落。

专属于老师们的那些可爱的外号。

手机上戴草帽的路飞和拿着网球拍的龙马。

他说的那句，我真的很担心你。

那些琐碎的小细节化成很多很多的微笑，渗透在整个青春时代里，然后凝结成生活的全部。

翘课的事最终还是被老师发现了。

看在晓音一向成绩不错的分上，只是叫到办公室稍微训斥了几句。

没想到的是他会来特意找自己，絮絮叨叨地交代了诸如不要翘课。要好好学习。要中考了，放学以后不要乱跑。要按时回家。不要和奇怪的人在一起。许多许多和他帅气的脸并不怎么合适的话。最后欲言又止了好几次，还是说了，我真的很担心你。

我真的很担心你。

晓音其实明白这句话的含义。

曾经不止一次地在放课后的教室看到因劳累而伏在桌上睡着的哥哥。

最初是奇怪，接着是猜测，然后是询问，最后是明白。

“他说妹妹总是很晚回家。他不放心。”

虽然每次都会因为繁重的学生会工作累到早早就睡着，可是却还是会以这样的形式陪着自己。

晓音曾经试着说服自己，哥哥也许只是单纯地因为累了。只是单纯地想要休息一会儿再回家。

但仅仅一句“我很担心你”，就彻底打败了晓音。一切都好像找到了期望中的出口，只在那瞬间全部汹涌而出，冲毁了自己高筑的堤坝。天平的砝码重重地倒向一边，是刻度表上也读不出的数值。心毕竟是个连自己都无法控制的东西啊。晓音对自己也无能为力。

也许在她心中自己都没有发觉的角落里，早已悄悄计划着自己的小阴谋。晚点儿，再晚点儿回家，哥哥也许就会担心我了。

再次恶狠狠地对自己说：“卓晓音！你这是‘恋兄情结’！”

父母早逝，从小由外公外婆抚养，外婆过世后，又被姨母一家接去生活。

晓音是一个习惯了寄人篱下却不自怨自艾的孩子。但在姨母家生活已经三年多了，她却找不到自己的容身之处。姨父姨母对她很好，可言辞之中总有些客气的味道。晓音也曾试过努力融入这个家庭，但有些事并不是靠努力就能达成的。

那一刻直到现在还印象深刻。

姨父姨母终于找到失踪一整天的她与表哥。本以为会被大骂一顿。却没想到一上来就是姨母搂住表哥泣不成声的场景，姨父也好像守护者一般站在姨母身边，守护着一对母子。晓音看着眼前的一切无法出声，年幼的她隐隐地领悟到在那个时刻就该是那样的场面。终于明白到“外人”这个词的真正含义，眼眶不自觉地热了起来。

本以为那个幸福的家庭就将这样从被泪水模糊的视野中渐渐消失。

但是还是有转身向她伸出手的人。

并不是错觉。

那个她一直称作哥哥的人。

带她沉迷于漫画，逼她熟悉摇滚乐的人。

曾几何时，他已经不仅仅是哥哥那个角色了，更是她最好的师长、朋友、共同的秘密持有人以及心目中唯一的家人。在晓音发觉之前，一种朦胧的情感已经在她的心里不断滋长，在时光的孕育下破开精致的外壳生长出尖尖的刺来。

“在烦恼什么呢？”

“嗯，家里的一点儿事。”

“别想了，走吧，一起唱歌去。”

不能不去想的是那么熟悉的哥哥也会变成另外一个人。

所有的漫画都被收进了箱底，所有的游戏也都从硬盘上删除了，那些堆满一整个柜子的摇滚唱片变成了英语听力，每天晚上反复在CD机里播放着。是因为快要升高三的压力，还是因为学生会繁重的工作。晓音也不清楚。现在哥哥身上已经无从寻找过去的痕迹了。只有沉默寡言，不苟言笑。

常常会怀念哥哥以前常常挂在脸上的透明的笑容，好像《网球王子》里的不二周助。

想象他微笑着说："我很担心你。"

Rock唱起俏皮的儿歌，想要逗晓音开心。

只是晓音听不出，少年真正想要唱出口的也是，我很担心你。

>>>>>>

"Rock你有兄弟姐妹吗？很亲的那种？"

"有啊，有个很喜欢的妹妹。"

"我也有个哥哥。"

……

对话以这样的形式开始，展开，又变为少女静静的叙述。

坐在表面有些斑驳的管道上，Rock一直静静地听着晓音说着哥哥的转变。

“你哥哥真可怜。”Rock 直到最后才开口，有些感叹的味道，“周围给他的压力太大了，想做自己喜欢的事都不行。渐渐地连自己喜欢什么也忘记了。”

“他以前不是这样的。”晓音摇了摇头，“他以前也很爱音乐，爱摇滚，吉他也弹得很好。”

“以前，以前又怎么样，现在还不是这样，音乐只能我来搞。”Rock 一反常态地有些激动，但晓音仿佛没有听见。

连自己喜欢什么都忘记了，那该是一件多么可怕的事情啊。

如果没有了左助和鸣人，没有了娜娜和奈奈，她的生活又会变成什么样呢？是不是也能像哥哥一样忍受着最爱的东西被剥离的痛苦，血淋淋地继续走下去，直到变成另外一个自己呢？

晓音痛苦地摇了摇头，再次想到那个长大了的哥哥。

想到他对自己说话时，那淡淡的忧愁。

不仅仅是哥哥。

总是以三年前的走失和哥哥的改变为理由说服自己去忽视姨父姨母关切的目光和言语。但是她无法忽视那种侵入生活每一个细节的关怀。

从每次穿之前都被烫得很平整的校服。到一支支削得很尖的新铅笔。再到那些总是一样不少的放在书包角落里的创可贴、餐巾纸、润唇膏。

事到如今闹别扭的只有长不大的自己而已吗?

现在，是时候做回“好孩子”了吗?

犹豫了许久还是开口。

“Rock。”

“嗯?”

“哥哥叫我以后要按时回家。我以后放学不能留下来活动了。”

“这怎么行!你可是我唯一的社员啊。”

“我也帮不上什么忙。”

“谁说的!”

“Rock，我真的不能……”

“可是你不在就没人听我唱歌了。”

Rock 的语气里有晓音从未听过的悲伤的味道。好像透明却又深邃的蓝宝石碎开细小又光亮的碎片。晓音的心里也有什么开始碎开，碎成一片一片，坠入了眼眶里，融化成一种透明而又温暖的液体。

“你也要放弃吗?”

风呼啸着，倾听着少年们的沉默。

>>>>>>

离开时，第一次也是最后一次主动拉 Rock 的手，还是像最初那么冰冷。

“Rock，你的手好冷。”

“是你的手太热了吧。”一如以往的戏谑的语气。

是你的手太热了吧。

那便是分别的最后一句话。

像一个小小的光点，破开重重迷雾，将早就藏在心中的真相显露了出来。

原来冰冷的从来不是少年的手。只是看到他就不自觉地升高了温度，手变得烫烫的却没有发觉。然后温度变得越来越高。

早在最初的时候就喜欢上他了吧。是比起哥哥更加喜欢的人。

想到这里，晓音突然感到开心了一些，不再像刚刚告别时那么沮丧了。她轻轻哼起了 Rock 常常唱的那段旋律。小跳步地走向车站。

我知道我不是一个完整的躯体。只有音乐能填充我的生命。

如果你听见我呼唤的声音。请留在这里。

为什么你要把我和音乐放弃。无人的校园是我唯一的栖息之地。

如果你听到我的旋律。请把他们烙印在你的心里。

请不要忘记。请你不要忘记。

被放逐的风的另一种声音。

好像是零散的拼图突然在脑中闪过拼成的方法，一片一片逐渐开始组合在了一起。

晓音似乎想到了什么，想要回去学校确认。可是回家的公车已经缓缓启动了。

>>> 尾声

为什么从第一次见面起体温就会自然升高？

为什么刚刚认识，却感觉如此熟悉？

为什么喜欢那首我听过千百遍的歌？

为什么总是在我最需要的时候拉起我的手？

为什么只出现在放学的午后？

拿着三大张社员名单的晓音，跑遍了整个学校，只是这次没有 Rock 强拉着她的手。

想要从纸上一个个陌生的名字中寻找关于 Rock 的线索，可是却没有任何关于他的消息。

“不知道啊，我没加入什么社团。”

“我们班没这个人吧。”

直至最后的下课铃声划开了黄昏的帷幕，晓音手中的名单也进行到了末尾。强迫自己鼓起勇气去寻找那最后一个希望，却发现一行熟悉的字迹。

拼图的最后一块。

“那主唱真是太帅了！我也想变成那样。”演唱会散场，少年拉着少女的手走在前面。

“嗯，不过姨妈姨父该担心了吧。”少女仰着头看着少年的背影在黄昏里勾勒出金色的边，有一半几乎融化在了空气里。

“啊，红色的头发，我也想去染一个。”少年依旧沉浸在自己的世界里，脚步越来越快，“你能数清他戴了多少耳钉吗？真是太帅了。”

“嗯嗯。”少女只能应和着努力跟上少年的脚步。

“对了，你知道摇滚的英文是什么吗？”少年突然转过头，少女一个来不及撞上了少年的脊背，头微微有些通。

“你们没讲吧，我们昨天学了，叫 Rock！ Rock！你知道了吗？晓音，你可要记住哦。”

眼泪无声地落了下来，潮湿了手上的名字。

社长：高二（3）班 Rock；副社长：初三（1）班卓晓音。

叫 Rock！

晓音，记住哦。

并不是幻觉。

还能记起，有着漂亮脸孔的红发少年如何不顾自己反对自行在纸上记下这行字的场景。

那些零散却又鲜明的细节，从身体的各个角落，汇聚到了一起。

自称 Rock 的少年。

他以这样真实的形象存在过。

那是曾经存在于年幼的他们的憧憬之中的那个少年歌者吗，还是那个放弃了摇滚的少年过去一直想要变成的样子？抑或是自己心中的从没有改变过的那个人？晓音也不明白。

这个世界上难道真有漫画里的情节存在吗？

那些跳跃着的旋律好像还存在于她的细胞里，可那些旋律的主人，出现了又消失了。

无从解释。

为什么你要把我和音乐放弃。

“你也要放弃吗？”

“我们都不想要放弃的啊！”

打算离校的行人都不明所以地注视着少女无助的哭喊。

这是成长必须付出的代价吗？

爱丽丝长大了，三月兔消失了。

属于 Rock 的魔法，那些孩提时的无知无畏，那些任性，那些不成熟，在理性的念头萌芽之后逐渐被吸收殆尽，生出红色的只绽放一瞬的花。

恍惚中，有人走过来轻轻叫她的名字。制服上别着的名牌刻着高二（3）班的字样。

“今天一起回家吧。”

熟悉的声音，陌生的局式，拉住她的手暖暖的。

于是再没有红头发。没有银耳钉。没有校服敞开。没有风。没有“一起唱歌吧”。

没有那个有“恋兄情结”的小女孩。

“晓音你知道吗，风经过的时候会有两种声音。”

“你又唬人。”

“难道你没学过热空气上升冷空气补充，空气流动形成风？有两种空气就有两种声音。”

“好像有点道理。我听听。”

“听到什么？汇报情况。”

“报告，除了一般的风声，我还听到一种声音。好像是 R · o · c · k ~~~~~~”

“我就知道，只有晓音同学你能听到属于本少爷的声音。”

“少臭美了啦你，谁听得到你的声音啊。”

听不到的另一种声音。

这个放课后，风和少年同时从学校里消失了。

好像从来没有存在。

望君安

消失宾妮

消失宾妮

上海最世文化发展有限公司签约作者

以戏剧，旅行，自我思辨为本命。

已出版作品：《妄言之半》《四重音》《馥鳞》《孤独书》《葬我以风》《碎片与深情》

上大学之前，我从不关心一本书的印次、出版社、译者，但现在总是记得。也不是记得，或者说，是留意。我越来越喜欢记一些细枝末节，并用之与人较劲，然而这全然是一种不自知的行为。比方说，我知道福楼拜的《包法利夫人》有许多译本，译者良多，李健吾的译版与周克希的译版，以及哪年出了新装帧，平装还是精装，字字斟酌。

但我大学念的不是图书出版，只是普普通通的戏剧文学。即便沾染戏剧二字，也不过是文学系。大一时老师同样开出一长串的书单，数百本书籍剧本，让我们通通拿下。为防止我们应付了事，甚至布置我们本本书籍都要写下详细的阅后笔记。

那习惯就是那时留下的。

其实也是老师特意叮嘱，每本书的译本与版次都要注明。起初我不明因果，后来才知道译本与版次间的不同直接影响阅读感觉。而老师们对书极挑剔，首先是原著，而后是译者。文本选择了，而后是不同的版次的排版印刷也列入对比项目。久而久之我也有了这习惯，同一本书买了许多不同版本，有的爱上翻译，有的倾心于装帧设计，以至于我每年都得煞费苦心地想，如何再在家中安置一处书架。

然每每此时，与我一同心思费尽的总是杨。我思索着如何在十七坪的出租屋再塞书架，而他则关心如何劝我卖掉不再欢喜的旧书。

杨说，你永远像过冬的小动物，囤许多以备不时之需，可你囤的东西都够过几辈子了。嗯。他咂咂嘴，故意孩子一样惹我笑，难道你预备在家苦练魔功，做一只长命百岁的老妖婆？我若不笑，他就摸摸下巴，伪装一副长胡子老道的样子，手持书本枉作利剑状，朝我刺来，嘴里还振振有词：妖精，你多年来吸取书中精气修炼，妄图成仙，我劝你速速改邪归正，与我双宿双栖。

他说起戏词来脸不红心不跳，又利落又潇洒，一点也不儿戏。我也奇怪，世上人千千万万，每日轮番在生活里演作别番模样，但总能看见些惺惺作态的端倪。可，唯他不是。我这样想时，凌宝却总会适时点破我："其实你们俩，他爱你，你爱他，是各自都看对了眼，可就是走不到一起。"

是。就是走不到一起。我也不妨一开场便揭晓全景——这故事的主角悉数登场，唯此三人，却没有任何桥段发生。没有相爱，没有完满，亦没有苦情，更没有美艳好友横刀夺爱，哪怕凌宝真的生得那样美，她与杨看起来那样般配。他们不过是与我相交集的两处空集，遥遥相望，却从不相近。

认识杨的时候，我大四，单身，学校六人一间的宿舍只剩我一人，曾经纷纷扰扰却也有过相濡以沫的空间此刻盛满宽忧，我于是也打算搬出去。但那时我收入微薄，还租不起一套房子，只好与人合租。只是一串房子看下来，无一合适，或者环境简陋，或者租金惊人。我找来凌宝替我盘算，她不以为意，张口便是两套方案。方案一，她借我一笔钱；方案二，放弃只与女生合租的念头，把视野扩张至男女合租。

我白了她一眼，问她：“你猜我选哪种。”

聪明如她，其实比我更看得清自己：“我当然希望你选第一种，可我怎么会不知道你，你忍不了对人亏欠。”

就这样认识了杨。

原本我对第二方案也没有好感，凭什么男女合租就能称心如意？但凌宝心里有一套盘算，她逻辑缜密，朝我一一推论。我租不了只因为两点，或者房价不如意，或者环境不行，但追其根本，仍旧是希望租便宜又环境好的，那么，“环境”的标准既然既定，也就只能在租金上做手脚了。凌宝说话时总爱比画，顿顿的，却魄力惊人，我总被她的声势唬住，大气也不敢出。她白我一眼，然后笑眯眯地，一副老油条的样子盯着我：“同性相斥，女人向女人砍价成功率太低，所以嘛……”

她解释得清楚明白，其实我也赞同。但她藏了一些端倪，比如说，在凌宝这等高人的金睛火眼里，倘若是男生愿意在此情境下对女生忍让，至少代表三条，第一，他对她有好感；第二，他并非那么在乎钱；第三，既然不在乎钱，那家境便差不到哪去。

——如此三条，都够造出一个登门女婿了。

可凌宝还嫌不够，她反复叮嘱我一定要娇嗲着还价，尽量柔弱无能，因为吃这套的男生好掌控，找了这样的合租方，你就能一直有主动权。

然这一套盘算筛选下来，出现的那个人，便是杨。

杨。

他那时的样子其实我至今也难忘却。高高的，合着从落地窗涌来的阳光，一副普照万物的样子，我都忍不住将那画面收入记忆底片。

但那时我已走了好几家住处，无一不是冷遇或者小心盘算。人与人之间，若不是惺惺相惜的好感，便也只剩机关算尽的攻击了。杨是那天我去的倒数第二户，累积上之前的失望，我放弃贯彻凌宝交代的方法，只是冷言冷语、自暴自弃道："能否便宜？"

我等着看他的阳光普照变成乌云漫天，但杨只是一歪头，皱了皱眉："为什么？"

那一刻，我忽然生出庞大的厌倦。我向人解释了一整天，我的诚意，我的困惑，我的不便，但我也悉数明白，没有人有替我排忧解难的义务。看着杨皱眉哑然，也不怪，也不厌，我忽然没了底气，想了好一会儿，张口只有一句："没事，打扰了，再见。"

很久之后，杨对我说，你知不知道你有多懦弱不争，还拒人千里之外。其实如果我假意相求，兴许他也就直接答应下来，因为那一整天，他也不知见了多少斤斤计较的来客。后来杨便告诉自己，假若避免不了压价，那总得找个合眼缘的房客才不亏。

可问题是，谁也不知你的坚持过后，遇见的是良人还是恶棍，是泥潭还是明媚。

只是我碰得巧，我走出大楼时扭了脚，只好坐在一旁的花园小歇，而杨的房间刚好对着那片花园。他看着我背影寂寥，又无能又可怜地坐在冬天的街道，觉得这姑娘傻里傻气不像是能坑住他的主儿，然后披了件大衣就追了出来。我还记得他走过来对我说的那句“喂，你打算出多少”，甚至还有点“怒其不争”的意思，假作责备。但更可气的是，我却还要对他说“我付不起房租，谢谢你，你还是租给别人吧”，气得杨对我咬牙切齿。

但他也就是那时决定跟我较上劲儿。

我们一直如此，许多年许多年，以至于在许多年后，他摸清了我的脾气，我也知了他的底细，我们相爱却不能走至一起，他怨我恨我，终于对我质问：“你知不知道你有多可恨？永远受害者的样子。但你将自己封闭在那个高处不胜寒的位置，不过是为了理所应当地享有拒绝他人、伤害他人的权益。”那是他唯一一次冲我生气，他捏起我的手腕，逼我看向他，可我一点也不疼，他的盛气凌人仍然带着难舍的优柔，“韦，我不怕你这样，不怕你拒绝我伤害我，但这不是因为我懂你，而是因为我爱着你。可如果有一天，我不爱你了，韦，那你该怎么办？”

没有怎么办。

杨，如果你不再爱我，那便再无他法。

因为我一直认为人与人之间关系简单，就像二进制的算法，非一即零，有即上位，无即归本。即便人与人再过不同，但追其根本也只能如此。爱便进，不爱便归零。没有折中的方式。

可我是不能有这样的念头的，这念头于我如同“毁灭”。

因为我以笔为生。

那时我每月写些小情小爱的故事给杂志。写男女如何相近、如何因误会离间，而结果也如二进制——“分开”“在一起”。基调是二进制——“悲剧”“喜剧”。于是，剩下的过程不过是一道殊途同归的证明题。

有时我也讨厌自己的逻辑分明，把一切都区分得妥帖无误。其实这是人的本能，我的本能是把一切区分归类，然而之后再不愿重蹈覆辙。凌宝的本能是清晰明白地看透旁人，但要兴致盎然地融入他们，一面融入，一面吃透，她总觉得“掌握”与“凌驾一切”才是人生乐趣。

可杨哪样都不是，我对杨说：“你是游戏人间的顽主，你的本能应该是‘快乐’。”

杨也不上当。他不反问我“快乐是否应当”，而是一招击中我要害：“所以我比你快乐得多。”

于是，换我被他气得咬牙切齿，急匆匆地对他定位道：“俗人。”

“韦，这没什么关系，世界上大多数人都是俗人。”他笑得唇红齿白，一副自鸣得意的样子。

僵持了一会儿，最后是我服输：“那，世界上最大多数的那种人，不如你帮我个忙？”

杨眯着眼睛打量我。

我喜欢看杨打量我时的眼睛，深邃得如同深夜的海岸。悠长却又看不见端倪。其实他不是个俗人，他总让我想起那些大隐隐于市的隐士，我相信所有隐士都披着一张俗人的皮囊，并且比俗人更加愿意承认自己俗气。

但每当我这样想，杨都会惊异地打消我的幻想：“韦，你为什么总想给人定位？你好像总想把各式各样根本不同的人剖开来，然后留下其根本，再归类。你总觉得人的多面性格只是他们给自己的伪装，所以你要一针见血地挑开他们的脸面？但是韦，灵魂其实是单一的，而性格是灵魂的衣裳，我们换不同的衣服不一定是为了伪装，而只是一种习惯，当我们感到灵魂受到侵犯，就总会想裹得更厚一点、更严实一点，不让灵魂被人发现罢了。”

那时的杨总是仗着我有求于他而无耻地赖在我床上。

其实杨有一米八二的身高，又瘦又长，在家里总穿着运动短裤和T恤上衣，肆无忌惮地露出长毛的小腿，趴在床上的姿势也像个小孩子。但孩子般的性格也许也只是他的一层“衣裳”，而他的灵魂被他裹得太完好。

我从来看不透他，就好像我从来看不透世界上大多数的那些人。

杨问：“你要我帮你做什么。”

“帮我看看我写给俗人看的那些小说，是不是真的那么难看？”

我给他看我的小说，也给他看一些读者十分热衷的小说。

“你喜欢哪篇？”

我没告诉杨，哪篇是我写的，等着他给我一个结果，我好宣判他归于哪边阵营。

“这篇。”他选择了多数人的阵营，“结果哪篇是你的？”

我白了他一眼：“结果证明你果然是俗人。”

他笑着在我的床上伸了伸懒腰，一副好不愉快的样子，压坏了我铺得平整的床单。我们时常一起分析因果，分析小说里的男女主人翁。我问杨为什么不喜欢我的小说，杨问我为什么不喜欢别人的故事。

“你先回答我！”我真想掐他脖子。

“你先回答我！”他一副死猪不怕开水烫的样子。

没有办法，我总是输给大多数人。于是我想了想，说：“因为很模式化，通常是男女主角不知道为什么就互相看顺了眼，而后因为一个极小、极巧合的误会不能互相表达。结果就是绕了一圈，误会解除——这是喜剧大团圆结尾，或者误会没有解除，反而导致了一个更深更远的误会——这就是悲剧结尾。”我歪头看了他一眼，“都是这个套路，是不是呢？”

“可是，韦，也没有别的方式了。”杨笑了笑，“人和人的相爱的过程，不都是这样吗。”

“不，有很多种。就像你说的性格是灵魂的衣裳，人与人之间最歇斯底里的碰撞应该是由灵魂间的不同引发的，一切情节故意迫使的偶然性矛盾，都是属于‘模式’的东西。”

“难道你觉得爱一个人也是由性格决定的？”杨问我。

“我相信。”我很坚持，“或者说，至少不是因为对方是俊男靓女就一眼看上了。这种东西，我不信。”

“可是，韦，我相信一见钟情。”杨对我说，“就像罗密欧与朱丽叶，爱情本来就是一种冲动。”

“可罗密欧与朱丽叶也是有因果的。莎士比亚在前一场就交代了罗密欧对另一个女子的爱，那就是他的性格。他是冲动的，并且易于恋爱的那一类人。所以当他在舞会上遇见朱丽叶，他爱上了朱丽叶。”我继续说，“但你知不知道为什么朱丽叶会被罗密欧吸引？为什么从万万千千参加舞会的人当中看上罗密欧？杨，爱情不是巧合，莎士比亚笔下的爱情也不是巧合。”

“为什么朱丽叶会爱上罗密欧？”

“因为罗密欧吻了她。”我回忆起剧本中那一幕，“而且是两次。这个花心少爷靠近这位美貌的小姐，他想让她对他动情，但朱丽叶起先是很抵触罗密欧的，她让罗密欧走开，但罗密欧花言巧语一心求吻，甚至将朱丽叶比作神明，用吻比作接受神明的恩赐。罗密欧第一次吻了朱丽叶，罗密欧说‘我的罪孽已被洗涤’，但朱丽叶有些生气，她说‘但你的罪却沾染上我的唇’，然后罗密欧俯身吻了朱丽叶第二次，对她说‘那请允许我领回我的罪孽’。”我继续说：“第一吻是轻浮，是碰撞，是罗密欧的小伎俩与试探，那第二吻就足以将朱丽叶尘封内心的冰面压碎，露出内心温柔与激情的一记补充。杨，你看，这些爱情不是毫无逻辑的冲撞，而是一步一步细细撕磨的后果。”

“你是说，罗密欧如果算是对朱丽叶一见钟情，但朱丽叶不是，她是被两个吻逐步俘虏的吗？”

我点了点头。

“好。”然后杨靠过来，在我毫无防备之际非常轻柔地吻了我，“韦，这是第一次，其实我原本想告诉你，我爱你如同罗密欧初逢朱丽叶，他一眼就看见了她，他一眼就能确定自己爱上了她。但她没有办法平白无故爱上他，所以他只好给她两个吻，第一吻，让她注意他，然后——”

他捉住我的手，不由分说地再次贴近我。

我终于记住他嘴唇的味道，是近似果冻般香甜的味道。

“——第二吻，是为了让她从万千记忆中，唯独对他，永远不能遗忘。”

是呀。

永远不能遗忘。

不能忘记我怔怔的面孔和他张扬地、故意地笑。他看着我。我看着他。我扬手想打他他却举起我的枕头抵挡。可一切至此又能如何，再没有下一步了。我已经破败了，我破败于那两个吻真的击碎了我内心的冰面，摧毁了我苦心建立起的防备和逻辑。他只是爱我，没有逻辑地爱我。可爱究竟有没有逻辑？倘若没有逻辑，那我便需要承认他的爱是合理的。倘若爱有逻辑，那我便需要承认他的两个吻带给我的永不能忘。

我总是这样输给这世上的大多数人。

输给不喜欢我小说的读者。输给爱我的杨。

可这故事至此便再无过程了。

没有相爱，没有完满，没有两面三刀或钩心斗角的过程。

只有杨爱我，我也爱杨。他是这世上的大多数人，肆意簇拥在我身边最广阔的领地，因为庞大而可以理直气壮地不理会我，也可以理直气壮地爱我。他常常爬到我房间看我写作，他安静地听着 MP3 在我床上凝视着我，头抵着墙，目光软软地打量。他也会在我因写稿日夜颠倒的岁月里，每天做好一桌饭菜等我睡眼蒙眬地走出房间。他像是个淘气的小鬼，要什么便是什么，执意赖在我床上不肯走，理由是“你的被子比较香”，于是我只好在他抱着被子睡着后，换到他的房间。我们表面如此和平，以至于连杨都会趁我写稿时独自在我身后低吟：“韦，我们算是在一起了吗？”

我戴着耳机，电脑里的音乐很小声，甚至盖不过他在我身后的细语声。

“我爱你，我知道你也爱我，可我们这样究竟算什么？”

他究竟是自言自语，或者希望我能听见，我不得而知。

可当我反复在键盘上敲下一些字符，又咬着牙删除，再重复，再删除，反反复复，而后我终于沉默着转过身，却只看见我那张已空空荡荡的床。杨不知何时已经回去自己的房间。只有床单上一小片褶皱的凹陷证明，我听到的那一切不是幻觉。

现在，我常常听人说起这样的故事，诸如男孩女孩在一起很愉快也很幸福，但仍然分开。人们不知道为什么他们要分手，也不能明白。因为在那之后，男孩承认无论如何他最爱的还是女孩，而女孩不管身处何方、与谁相伴，却始终在心里保留一个给男孩的位置。人世繁复，可无人猜得透为什么男孩与女孩会如此。

就像多数人也猜不透为什么我们这般要好，你如此得天独厚在我身边，我心里明明已经盛满了你，你我之间也许连一步之遥也未曾有过，但我们永远无法在一起。

只有凌宝知道。

在某些夜，我曾经因为你把被子围在腰上跳草裙舞的傻样子无可奈何大笑后，曾经因为你胡乱演我剧本里的角色却因为你滑稽的言行责备不了你后，曾经因为你干预我写的小说执意让我把男主角写成现实里永远不存在的那类完美的人，却意外地受到读者好评之后，我发觉我爱你如此深，却也恨你如此深。

我也不明白，是什么让我无法接受你。

但凌宝搂住我的肩，告诉我：“他很好，你也很好，你们只是不适合。”

对，是不适合。

我们在一起住了两年零四个月，从没吵过架。杨，你有一张天真单纯的脸，你的天真是你最好的武器，让我无法责备你的无理、你的傲慢。你总是想给我惊喜，在我忙于在键盘上敲击编纂时带我离开房间，你推开你的床，街道上的烟花盈满眼眶。我想怪你的无理，却止于你的天真。你总用你自以为是的欢愉去袭击我的沉闷。你从不知道我每个月赚钱赚得有多辛苦，因为没有多余的预算吃饭，所以每天省到一顿。但是我的肚子时常饿得不行，后来我想出一个法子，如果感到饥饿就去睡一会儿。所以我日夜颠倒，因为我在压制我的窘迫与无可奈何。

你从来不知道。

你开心了便会来找我。你想我了便会让我知道。你知道我每个月多焦急地在写那些稿子，我日复一日地坚持我的信念，我以为写一篇真诚得哪怕少有人懂的小说会获得人的尊重，可，杨，连你的手也选择了对方的阵营。

我说："难道你不觉得那些故事根本不可能发生吗？不过是为了满足人的基本情感去编造的美好罢了。"

但你再次选择了对方："人活着不就是为了快乐？快乐原本就是一件很简单的事，干吗要想得很复杂。既然有简单的，不用理会复杂也可以愉快地活着的方式，那我们为什么还要去看那些晦涩的、说一些人性阴暗的东西？"你眯着眼，拉起我的手，想把我从那间狭小的、黑暗的房间里带出来，"是不是？"

是啊。杨。

于你来说是。

可我不是。

我们之间的差别，不是爱与不爱，不是快乐与悲伤，也不是积极与悲观。而是你的人生准则是活得轻松愉悦便好，因为懂与不懂这世界的悲苦，都必须活着。但我不能。我不能在知道这世界的遗漏缺口之后不去理解它们，而后解决它们。我尝试去明白晦暗，并非我多悲观，而是我不能忍受有缺憾、有漏洞的情感，我怕我们自作聪明的欢愉总有一日会因那虫蛀般的缺口彻底坍塌，就此溃散。

这便是我们的不适合。

哪怕，你爱我，而我也爱你。

你会因爱我而幸福。

但我会因你爱我而感到患得患失，心神不宁。

因为我们根本不合适。

杨，瞧，我又写了这样无聊的故事。肯定许多人不会理解，他们会觉得我始终在写些没有情节的东西，没有男主角一上来凶狠的词句与轰轰烈烈的情感，没有误会，没有曲折离奇的配角战争，没有偶然。

在我离开你之后，有一天夜里我重新翻开李健吾译的那版《包法利夫人》，我忽然哭了起来。我想起我更喜欢李健吾的译版，可你却喜欢周克希的译版。你说李译版已经太过古旧，有些语法已经和现在不同，读着让人难受。可你所说的那些缺憾，却是我最喜爱的地方。

于是，杨，你说："韦，估计你就是个老派人，老派人就喜欢这样矫情的语法，但是这些句式已经跟不上时代了。"

杨。

这夜我在往更远的别处的火车上。

我在昏黄的灯光下翻开《包法利夫人》，某些时候，我试图更接近你一些，于是我开始念你说的矫情拗口的李译版。我轻轻地、淡淡地念着。在轰鸣着跑向黑暗的列车上。那些震耳欲聋的声音盖过我内心的希望。念至“她爱海只爱海的惊涛骇浪，爱青草只爱青草遍生于废墟之间。她必须从事物得到某种好处；凡不能直接有助于她的情感发泄的，她就看成无用之物，弃之不顾。”我忽然哭了起来。我哭泣并非因为我想起你说我“老派”，而是因为当我再次翻开李译版的《包法利夫人》，我发现我仍然那么爱他那些老派的句式语法。过去这么多年，我仍然没有被世俗同化至能与你一般，我仍然爱这书这译版，便表示我与你仍然怀有永远的距离。我们仍然不合适。

我合上书别过脸，不忍再翻开。我的手指停留在序言间无法逾越。我试图平静下来，再去忘记你，然而一段一段的故事如此吻合地贴上过往。

杨，那个著名的关于福楼拜的故事你知道不知道？

福楼拜写《包法利夫人》时，有一日他朋友去拜访他，却发现他坐在地板上痛哭。他朋友很奇怪，问他“你为什么要哭”，福楼拜说“因为包法利夫人要死了”，他的朋友笑了，对他说：“你既然不想她死，那就写她活过来嘛。”

福楼拜却伤心地回答：“不，她非死不可，她已经无法再活下去了。她不得不死。”

杨，你和我就像福楼拜与他的朋友。

我所有觉得的“必然”，你都觉得“没有关系”。

许多事，你都觉得一切能被我们掌握。

可，杨，我们只是自以为是罢了。

表象能够被我们篡改，如同衣服般被换下，洗净，挑选，更改，但灵魂不能。所以最后那一晚，当我告诉你我要离开这套房子后，你在我门前等了我一晚，你在我门前说了许多话，可我始终没有开门。

那是最后一次，你在门外问我，为什么罗密欧与朱丽叶能够相爱乃至共同宣誓婚姻，可我们不能？

可是，杨，我一直没告诉你莎士比亚的诡计。

你吻了我，但你不知道《罗密欧与朱丽叶》的下一场戏是什么。你不知道莎翁故意设计的小把戏，那个情窦初开的朱丽叶回到房间，内心澎湃却无法言表。她有许多话想说，却又无人能言。她爱上的是宿敌之子，但她已经爱上他了。于是她在月光柔情的阳台，自言自语地描绘她对他的爱。

——杨，也许你不知道这一幕是多么重要，倘若不是罗密欧阴差阳错想回去找朱丽叶，他不会撞上正在表达对自己爱意的朱丽叶，也许他永远也无法知道她的爱。倘若不是以此形式，那罗密欧也永远不会有机会明白朱丽叶的爱。

这是莎士比亚故意埋下的火种，让朱丽叶的理智被黑夜剥离，让罗密欧得以乘虚而入。否则，两家世代宿怨的他们，受困于礼教于现实的他们，永远无法逾越彼此之间的距离。

杨，很可惜。

你只知道两个吻的前因。

却不知道要促成两个相隔甚远的人，究竟需要多少命运设计的巧合才行。

至此，这个故事终于要写完。杨，我想如你一般的大多数仍然不能理解我们的故事，不能理解这样没有相爱、没有误会、没有巧合的故事有什么含义。而我也在这列驶往更远处的列车上，因为想起你，于是逐字逐句写下这段没有过程的不完满。

一切我已悉数交付，但我明白，即便你有朝一日看见它，也未必能懂得它。

但，无关紧要。

有一件事是无须灵魂相同便可理解的。

那便是祝福。

杨。

天涯海角，唯望君安。

无道轮回 ·
爱

自由鸟

自由鸟

上海最世文化发展有限公司签约作者

不断自我毁灭和自我重建的 AB 血型，期待生命历程中每一个全新起点。

已出版作品：《光月道重生美丽》《羽翼 · 深蓝》《遗迹 · 凝红》《小祖宗 1.0 魔术师》《小祖宗 2.0 命运之轮》《小祖宗 3.0 世界》《骑誓 · 丛林骑士的亡者征途》《天众龙众 · 阿修罗》《天众龙众 · 夜叉》《青春蚁后》

这是关于一个女子同一个男人之间五世轮回的故事。

这是关于禁断之恋的故事。

这是关于不惜一切代价去承受欢爱和疼痛的故事。

这是爱。

某种兽类的爱。

“英俊的先生，漂亮的小姐，请问需要算命吗？”

一个貌似流浪乞丐的中年女子径直走到阿由和小可的面前，微笑着问道。

“不用，谢谢你。”阿由随手抽出张纸币想打发她走。

女乞丐束手静立，叹了口气：“先生和小姐是命运中背负着无道轮回的人。我只是想劝奉几句。也许荒谬而不中听，就当是疯话吧。”

“第一世里，最初的小姐你，是燕国的一名女伶，为太子丹弹奏古曲，只因荆轲赞了一句：‘好美的手啊！’太子丹便将你的手砍下作为礼物送给他，以美人手赚英雄心。风萧萧兮易水寒，壮士一去兮不复返。荆轲前往秦国刺杀秦王嬴政，壮志未酬身先死，血溅金銮。第一世，他欠你一双手。

“第二世的小姐你，是富家一位千娇百媚的千金，在一次庙会上偶遇秀才尾生，掉帕拾花，一见钟情。两人悄悄相约再见黄昏的燕幽桥下。次日尊父却命你相亲，无法赴约。尾生痴憨无比，怕你来时见不到他，只等得河水涨潮也不肯离去，他抱着桥柱直至溺水而亡。这一世，你欠他一条性命。

“第三世的小姐你，是钱塘名妓苏小小，不守贞洁只守美。‘妾乘油壁车，郎跨青鬃马。何处结同心？西陵松柏下。’你义助一个落魄穷书生数百银两上京赶考，他中举后另娶妻室，再也没有回来。十九岁，你病死在西子湖畔。这一世，他欠你一份恩情。

“第四世就是今生此刻。你倾慕谁自己知晓。但这一世依然有缘无分，无法厮守在一起！宿命的红绳将你们两人死死缠绕，是难以开解的姻缘，却又永远没有结成姻缘的一天！如果不忘记他，你的一生将会很惨烈！

“我毫不怀疑你们之间的爱。但是小姐，我劝你离开这位先生。忘记他，不要再回头。”

女乞丐说完以上的话就转身离开了。

小可和阿由紧攥着的手由于太用力交握，骨节处透出绝望的白。阿由左手无名指上的婚戒虽然取下放在口袋里，但那一圈戒指留下的印痕却格外清晰。印证着他和她的不可能。

不伦的恋情。被道德唾弃的爱。在所有人看来，只是情欲使然。

但要她怎么才能忘记？！哪怕背负再惨烈的命运也无法忘记！

三年前，在十九岁的年纪，小可独自一人乘飞机去遥远的北方。去见阿由，她的情人。要知道那是她第一次单身出门，第一次乘飞机。花光了所有的钱买了往返的飞机票，坐上一架摇摇晃晃的麦道小飞机，在母亲痛楚的眼神中起飞、盘旋，飞向终年寒冬的北方。半途遭遇到高空强烈的气流，空中小姐把小可按在座位上绑好安全带，她闭着眼睛想：不可以死啊，我还没见到他哪！他在等我，我一定要握到他的手之后才能死！如果明天是世界末日，也要选择同他在一起，直到天地灭迹、星辰粉碎。

胸腔深处对于他的爱，是死亡般无法抗拒的。从没对第二个人有过如此深刻的感情。这种强烈的感情郁结在基因里，好像一个不可割绝的器官般生长。

他同东北朋友连华为了小可的到来特地买了新的椅子，空着椅子在北方等她。他当时一贫如洗，除了讨债的以外几乎没人愿意去看他。之所以他会去买椅子，只为等待她的到来。一个三十一岁的以匪类身份成长起来的男子，等待一个未谙世事的年轻女孩的到来。

兽类的爱。不计后果和代价的爱。令人绝望的爱。

之后就再也没有找到过相似的爱情，再也没有像第一次那样自杀般地付出过。是的，在十九岁的年纪，没有钱、没有名誉、没有衰老、没有颓废……正因为什么都没有，才可以倾其所有地付出。

想不到未来。

竟然没有坠机。他同朋友一起来机场接那女孩，两个帅气英俊的男子，一般高的个头，干净利落的短发，都身穿着黑色皮衣和深蓝牛仔裤，看起来神采奕奕，孩子般充满了兴致。三人簇拥去吃用脸盆装的东北骨头汤，唱歌。此时，连华是第一次见到小可，而阿由则是第二次。

在 KTV 房里，阿由唱了一曲张信哲的《白月光》。

白月光/心里某个地方/那么亮/却那么冰凉/每个人都有一段悲伤/想隐藏却欲盖弥彰/白月光/照天涯的两端/在心上却不在身旁/擦不干你当时的泪光/路太长追不回原谅/你是我不能言说的伤/想遗忘又忍不住回想/像流亡一路跌跌撞撞/你的捆绑无法释放/白月光照天涯的两端/越圆满越觉得孤单/擦不干回忆里的泪光/路太长怎么去补偿

曲调凄凉而华美。阿由握着话筒的手也微微发凉。

回到连华的单身男子公寓，一人一间房休息。淋浴器突然出了故障。阿由端着水盆进来，帮她脱去鞋袜，替她洗脚。这是她第一次被父母以外的人接触到自己裸露的双足。

她哭了，难以入睡。他打了热水拿了毛巾来替她擦脸，父亲似的命令道：擤擤鼻子。她却止不住哭泣。他只好把她横抱起来，走去他的房间。

窄窄的单人床上，她蜷缩在他赤裸火热的胸前，好像一只被雨淋湿的小猫。

情人们被情欲煎熬。他的吻让她那么想要。他亲吻她每一寸皮肤，从头发到脚趾。他浑身发颤，他说从来没有这样遭受折磨。怀里这哭泣着的小女孩，肌肤柔滑好像深海里一尾悲伤的人鱼，令他无法忍心染指却又无法放手。她简直是个恶魔。让人怜惜的恶魔。让人一边想撕碎她蹂躏，一边又想哪怕损毁自己也要保护她……

屋子外面是零下十五摄氏度的寒冬，冰霜在窗玻璃上结出蓝色的花纹。路灯的光芒打在天花板上，房间里的一切都影影绰绰的，静谧动人。这一夜便是永恒。无可比拟。像凝固在画布上的瞬间。无边的蔚蓝。

隔壁的房间里，连华将头深埋在自己的被窝里，他发现自己居然那么痛苦。三个月来，小可在长途电话里一直叫他大哥，冲他撒娇，他却从未把她当小妹看待。直到今夜见面，连华更确定自己早已对她暗生情愫。

听到阿由抱着小可走进他房间的脚步声，听到他们压抑的喘息，连华感到心脏处出现一个漆黑的空洞。

翌日，太阳照常升起。

三人一起去滑雪。看到用滑轮车将皑皑白雪扑倒在山坡上的滑雪场，小可笑得直不起腰来。穿上长长的滑雪板，从坡顶向下滑落，风在耳边掠过，闭上眼，就好像在飞翔。一左一右两个英俊的男子，呵护着中间那小小的骄傲公主。

似乎有歌曲在小可心中响起。男孩在我左边，男孩在我右边，男孩在我前面，男孩在我后面。只有，只有一个男人在我心里面。

小可和阿由坐上搞笑的狗拉的雪橇在冰封的湖面上游玩。不远处，连华发疯般鞭打着一匹老马，在坚硬龟裂的泥地上撒开蹄子奔驰。他只看见他们的笑，没有看见他们的泪。他们也不知道他心底的泪已成一条冰封的河流。

回去的出租车里，连华自觉地坐在副驾驶的位置上，小可和阿由并肩坐在后座。午后的阳光静静地播撒在雪地上，穿透车后窗玻璃，映射在两人的发丝和肩膀上。

两人垂落在座椅上的手碰触在一起，随后紧紧相握。只是这样手指间的交缠，已经让体内的情欲燃烧到制高点。小可面色绯红。

小可又开始哭泣。哭泣中饱满了纯洁的堕伤。阿由的儿子在千里之外的另一个城市，才刚满一岁。他的妻子身有难以治愈的疾病。今年春节过年的钱都是问兄弟们借的。

明知道这是北方的末日，情人爱的末日。但无法抵挡，无法停息。

时来运转。

阿由和朋友共同开发的项目获得关注和投资，他们在北方大城市注册公司，两年的时间里，公司资产迅速上升过三千万。合作人猜不出原因，阿由突然提议进而转攻南方市场，大费周折将公司全部连根拔起，人马全部移植到南方。小可所在的城市。

他所从事的行业与小可就职的公司有联袂，阿由曾有意让小可进驻他的公司，但被小可拒绝。没有人知道他们的恋情。他以自己独到老辣的手腕在很多关键点处扶持着小可。但从来不在她面前诉说。

阿由的事业达到了前所未有的高峰。市场销售业绩成为一个神话，在南方，他也一跃成为行业新贵。

为了庆祝，他们驱车去了苏州。车辆奔驰在寂寞的公路上，田野清冷，月光皎洁。阿由柔声告诉小可他所知道的连华的秘密。关于连华深爱着她的秘密。时间过去三年，她已经二十二岁。阿由和连华都已经三十三岁，但她和连华始终都还是单身。

他们住在苏州最豪华的酒店。圆形的大床宽阔无边，好像平静的白色海洋。床单上的褶皱如同折翅的蝴蝶，诡异艳丽。似乎暗有所指，又似乎完全无意义。

阿由的躯体宛如少年，洁白，瘦弱，纯洁得如同一只鸽子，但意志又如雄狮般强大。灵巧的手指和火热的躯体……这一切都依旧令人迷醉。

“在你心里，我是你什么人？”

“情人。”

不发生真正性爱的情人。柏拉图式的情人。

情人。这两个字的含义开始变得更加深刻宽广。但其实小可更愿意把他叫作爱人。唯一的爱人。因为深知不会再爱一个人如爱他那般毫无保留、孤注一掷。这样的爱情不在理智之中。会让人执着到死。同时也是最愚蠢的、最没有廉耻的、最伤害他人的、最可被人唾弃的——爱。

午夜，依然没有入睡。阿由点起烟，小可披散着长发的头依靠在他胸前。落地窗外是蓝潇潇的夜。

阿由说起去年在青岛，某夜，突发奇想去海边游泳。他们三个朋友说走就走，驱车到了海边，脱了衣服穿条内裤就扑到水里去，当时天还冷，那晚月黑风高，浪把他们卷得离岸远远的。什么都看不见，黑漆漆一片。只有大浪一波一波地摔过来，砸得他们牙齿打架泪眼模糊，但什么都看不见，也不知该往哪里游……

小可望着天花板，静静地听，感到胸口堵得慌，因为他一年前某夜的恐惧也深刻传到她心里。阿由从小不善，在老家是有名的恶少，独身出去收债的时候也动过刀子切得对方屁滚尿流。但他说，小可，我那夜真的怕了，我从来没怕过，但那夜我真的怕极了。

小可没有流泪，但为他的恐惧流血，在心里。

人生就是一片漆黑的大海，没有任何航船可以轻易横渡。

阿由买了一枚一克拉的钻石戒指，盛装在深蓝天鹅绒的盒子里送给小可。小可并没有戴在手上。她把戒指穿上银链，当作项链。闪烁的钻石隐藏在锁骨之下一指，好像胸口前陈列着的一个秘密。

潜入大洋深处。海面上明媚的阳光可以同很多人分享，但海水深处的黑暗、孤独、恐惧和忧伤却只能一人独尝。那是一个永恒的秘密，因为只给过一个人而成为一个不可诉说的秘密。

有朝一日，我们都将成为历史薄片似的书页、碎片，而不复鲜活贪欲的年轻姿色。岁月的年轮将无情碾过肢体，将青春彻底毁坏破碎，只有体内的欲望永恒年轻。这呆板的生活终有一日也会成为旧画布上凝美的作品。我们对于情人全部的爱欲和思念，都将通通被密封入一个黑色罐头，在海难发生之后漂浮于洋面之上，成为留给幸存者、打捞者的礼物。

他曾说过娶她。如果她嫁给别的男人他一定会发疯，他会在他们的婚礼上送花圈。

她还是骄傲的公主，她认为自己能控制这场爱情的暴风雪。她以为他只是一场情欲的导师。她自私冷漠的心能承受欢爱，也足够强大到承受疼痛，或者承受热爱过后的别离。如果有别离，告别的必然是她。公主一定会让骑士黯然神伤。

但她没想到，老天给了她别离，却没有给她告别的时间。

她也没想到，她会甘愿承受惨烈也不愿意忍受别离。

一切来得太过迅速，好像天降下的灾祸。

秘密的度假结束，回到城市后的一个月后，阿由和小可的公司都应邀参加一个国际性业务洽谈会。阿由知道小可出席，便放了手下业务员的大假，自己亲自去开会。

飞机横渡蔚蓝海洋，平稳飞行的空中客舱内，乘客们正说笑着用餐。突然有三名男子掏出枪指向全体乘客，并控制了驾驶室。竟然遭遇劫机。匪徒通过呼叫器向机场和警方提出勒索巨款的要求，遭到拒绝时决定杀死一个孩子实施恐吓。

阿由为阻止匪徒暴行挺身而出，匪徒向他开枪，小可来不及想，以闪电般的速度飞扑挡在他的胸前。

砰然一声震动。血珠在空气里失重般飘浮。她的发丝间有香。唇边竟然有笑。

至死不悔。

我们恋爱，我们劫机。为着某种不可救药的执着挺身赴死，干脆利落。生命如此荒诞不经，上帝残酷地赋予人类放肆任性的权力。

当他睁开眼，见到的是一望无际的黑色汪洋。苍穹是深紫的，好像成熟的葡萄。他躺在鱼背上，巨大的蓝色的海鱼，脊背宽广像一片岛屿。风送来发丝间的香，和她微笑的眼眸。她站在鱼鳍旁，微笑如佛陀般安详。

他以为自己是在做梦，但她告诉他这是黄泉之海，脚下所乘是冥府之鱼。这是他们之间最后的话别。她告诉他不必难过，因为她是为青春期的冲动、暴虐和天真而死。同他无关。他只是一个媒介。可能是他，亦有可能是她所爱上的任何一个男子、第一个被称之为是她的男人的人。死于华年，死于爱情是她长久以来的梦想。一切同他毫无关系。

阿由愕然，他大叫着你骗我你骗我你说谎！这只是一场噩梦，当我醒来时，小可，我们一定好好地躺在海边的沙滩上！

噩梦中，紫色天空里有长着三只眼睛的幽冥鸟飞来，将他据起，一声长啸直上云天，消失在地府通向人间的甬道深处。他被获准生还。

小可独自站在冥府之鱼的背上。鱼开始下沉潜游，已为魂魄的小可依附在鱼背上哭泣。眼泪飞翔在黄泉之海里，有脆弱但优美的形状，发着淡淡光，向海面升腾。

海底空旷的沙滩洁白细腻，海浪催生出鱼鳞的波痕。

一身黑衣的冥王分开海水，席卷起滔天的巨浪，漫步到她面前。他被女孩的冷酷和柔情彼此交织的灵魂深深迷住了。他求一个吻，来做交换，来割断她左手尾指上的无道轮回之红绳。

令冥王吃惊的是，竟然遭到了她的拒绝。她只求冥王让他忘记她，然后在下一个轮回里再次相逢。她还要他，她无法停止爱他，那种爱太强烈了，直入骨髓，吃尽了她全部的灵魂。

冥王有些惊讶。他一直认为现世的人类是最多情也最无情的一代，没有信仰、没有宗教，唯有自我体验。他们很容易爱上谁，也很容易彼此遗忘。因为没有经历过战争、饥荒、病疫的恐慌，丰富的物质让他们的精神脆弱无比，受不得一点委屈和伤害。在被抛弃之前先抛弃他人是他们自保的终极武器。他们的感情世界如辽阔的夜空般璀璨糜烂，需要无数流星的点饰。

但冥王说：迷人的女孩，在你的心里，虽然冲动狂热，虽被禁断，我却看到了一颗明亮耀眼、永不坠落的恒星。这就是你全部的爱。如此强烈。几乎把我黑暗的冥府照耀成了人间。

阿由在医院里醒来，劫持飞机的匪徒被警方以计引诱落入法网。小可是在劫机事故中唯一罹难的受害者。警察展开调查，他们给他看小可的照片，他却怎么也想不起来。年轻的警员很吃惊：“他只被流弹擦中了肩膀，脑袋没有摔坏，怎么就忘了她呢？她为了救护他而死！”上了年纪的老警察抬了抬帽檐，沉声道：“那个女孩只有二十二岁。就让这一切成为一个谜吧。”

是的，这世界上有多少隐秘的爱情，秘不可宣，沉在大西洋底，同海盗船上失落的宝藏一起等待被海水侵蚀、被鱼类吞食。可以燃尽自己全部的肢体去爱一个人，点燃火光，只为他能在生命码头找到余烬和温华。等待他，直至死亡。

一年后，阿由携全家移民到了澳洲。

十三年后的一个夏天，他同妻子、一双儿女在夏威夷度假。从小在澳洲长大的女儿接受多重文化的教育熏陶，她读《飘》，也看张爱玲。

她告诉父亲要把张爱玲的小说《心经》改成连环画。他似乎有点记得，那是讲女儿爱上父亲的故事。女儿说她自己生来就是画画的、体内一定富含着毕加索、凡·高的细胞。她觉得自己是个安详的疯子，离精神病患只有 0.5 厘米的距离。父亲微笑了，说女儿是真正的天才。

女儿拿出一幅画，说是送给父亲的生日礼物。

突然间涨潮了，太阳落下去，紫色月亮升起来。海水一片漆黑，没有边际。

画上是他和她，阿由和小可。十四年前初春的某个午后，他们在苏州城幽会。苏州观前街玄妙观里，树荫之下散落着茶几和藤椅，走累的香客或游客三三两两休憩。他同她坐在露天的圆桌旁，一个乞丐模样的流浪女子给他们算命，就在那里说出小可同他永远无法结合的乱世因缘。

他的身体被呼啸而至的记忆所击中，全部关于小可的记忆如同撕开裂口的海水疯拥而至。灵魂被刺穿了一个巨大的空洞，精神分裂成碎片。

十四年前为他而死的女孩如今幻化为女儿站立在他的面前。他不敢确定，是因为曾经是他的情人，为了一场毫无希望的绝爱轮回而成为今天的女儿，还是她本来就一直希望成为他的宠爱、他的血液器官、他体内一颗蠕动的精子而成为他前四世的恩人、爱人、失去双手和翅膀的小小飞鸟？

他无法确定，生命如此咄嗟。

过了很久，大约有三十多年，他已经垂垂老矣，妻子已经故世。

他一个人坐在客厅里，阳光透过玻璃窗洒得满地都是，明晃晃的，好像他年轻时对她说我爱你那一夜的月光。他已经如此苍老了，虽然英挺的痕迹仍在骨骼深处，但他已是个暮年的老人。那双手、那褶皱的皮肤，如同枯叶。

他膝盖上放着女儿从埃及寄来的相片。她也已经是个四十多岁的中年人了，不再漂亮。但她的眼睛里有种永恒持久的美，只有他看得出来。她自二十五岁离开家，在世界各地流浪，从没有告诉父母婚姻的状况。他从一些朋友那里得知，她始终没有结婚。一直还是个处女。

他恍然间记起玄妙观里女乞丐所说的关于轮回的疯话，记起那关于无道轮回的残酷传说。在那前四个轮回里，几乎每一世的他都没有夺去过她的贞洁。她为他保守的贞洁。年老的处女，好像被钉在十字架上焚烧而死的贞德。

他在阳光下流泪。好像个孩子。他曾经是个匪类，差点杀过人，有十几次险些被人杀死。他有一颗坚硬无比的心，曾经想过离开尘世去出家。然而却永远无法逃离她。他的情人、他的女儿、他那天真暴虐、处于疯狂边缘的孩子。

阳光依然年轻，几乎永恒。

他爱她一如前世。他和她都是大地的孩子，同样产生于地母深邃幽暗的子宫，拥有同样轻浮狂躁的灵魂。他无法挣扎。

她爱他。

爱情已经平息，如同冰冻的汪洋，依然深邃，却死寂得没有一丝波澜。这是一种病症。爱情缺失症。再也没有一份爱情可以与此相比，心中的黑洞也永远无法弥合。

他在东北温暖的阳光下流露出的笑容——

他骑自行车在烈日下奔波——

他说一定为她保驾护航直到她掌握所有的工作要领为止——

这一切，仿若隔世。淡淡然如同荷花的苦香。

一生只可能有一次这样的恋情。

风萧萧兮易水寒，壮士一去兮不复返。他的名字就隐藏在这两句诗里，这是他们的第一世。自战国开始的永恒的恋情。

无论彼此间如何伤害、冷酷无情。当有人向他开枪时，她都会挡在他的身前。

正因为她自私、冷漠，酷得简直不像人类的孩子。无法忍受没有他的明天。所以，她愿意挺身赴死。

等待来世，成为他最挚爱的小女儿。

亲爱的敌人

吴忠全

吴忠全

上海最世文化发展有限公司签约作者

隐忍于希望的诱惑，活得像河流一样绵延深情。

已出版作品：《桥声》《有声默片》《单声列车》《再没有什么比生命更寂寥》《等路人》《我们没有在一起》

陈栋作为一个婚礼策划师兼主持，最近有些忙，他那天接了两场婚礼，上午一个中午一个，他看了看手表，跑进新娘间催促着补妆的化妆师快点，还好大家都很配合，没让他多费口舌，要不然话说多了，一会儿上台嗓子烟熏火燎的，听着就没有积极劲，新婚图的都是个新鲜劲，带着露水的花朵，噼里啪啦的鞭炮，推陈出新的祝语，裹挟着往婚姻里奔，都是带有使命感的东西，当然，这些都是锦上添花，作为一个成熟的策划师，他自然明白，婚礼的第一要素其实是顺利。

顺利的开场白，顺利的出场仪式，顺利的煽情段落，顺利地交换戒指，眼看新郎新娘即将退场准备开宴席敬酒，陈栋心里松了一口气，他又偷偷看了看手表，时间还很宽裕，顺带看了眼新娘睫毛上的泪水还没散去，他在心里偷偷给自己打了个满分，可心里的那个对号还没勾完，大堂里突然冲进来一个光头，三五步就到了眼前，夺过了新娘手中的话筒，陈栋这才看清，这个光头竟是一个女的。

他本来能够把她拦住的，哪怕不用自己动手，咳嗽一声，使个眼神都有人来帮他，但他却愣在那里，眼睁睁地看事情发生了。后来陈栋每每回忆起这事，总觉得自己是被她的光头震慑住了，心里泛着嘀咕，一个尼姑跑这儿来干什么？是证婚人，还是化缘的？怎么也不会想到是和感情有关的事，也顺带忽略了她身上的病号服。直到她带着哭腔开口说自己是从医院跑出来的，自己虽然日子不多了，但也不想让这个王八蛋好过！她说完指了指新郎，全场哗然。能看出新娘是想发火的，但碍于婚纱和妆容太美，她要守护这份美，便怒视着新郎，用唇语询问是谁。新郎很无辜用很夸张的表情表示不认识，但怎么看都像是假的，新郎想要把光头女赶下去，却听到新娘的父亲用很严肃的像是领导的语调道：“让这姑娘说完嘛！”

全场一下子安静了，是那种等着看好戏的安静。

光头女声情并茂地讲述了自己如何和新郎相遇，几多暧昧试探后在一起，之后的恋情缱绻缠绵，满是欢喜，那爱如同深秋的雾如寒冬的火，把她整个黯淡的生命都包裹点燃，她以为找到了今生的挚爱，也确实把他当今生挚爱去爱了去守了，可命运对自己不公，让她患上了癌症，但她并没有放弃，想着只要和这个人在一起，一秒钟也是天堂，她不怕，千难万险都不怕，可新郎却退缩了，疏远了，消失了，去找了另一个健康的女人过余生。

她最后说得声泪俱下，陈栋也为这故事陷了进去，一心只想着这姑娘怎么这么惨啊，可怜得都让人想抱抱她。确实已经有人上来抱她了，新郎的母亲走上台给了她一个亏欠的拥抱，转身给了新郎一个耳光。新娘仍旧努力维持着不动声色，可眼里也早已满是苦楚和失望。而新郎却一下子变得木讷，像是陷入了往事的亏欠中，在人群中一直挺立着身体，不说一句话。

光头女慢慢地走下舞台，往大堂外面走，把一切困局都抛在身后。陈栋看着那背影像极了一个孤傲的英雄，不计较成败，满是落寞的豪情……

同事推了推陈栋，提醒他该撤了，下一场等着呢，他这才缓过神来，跑出酒店拦了辆出租车，刚拉开门，身后的门也被拉开了，他回头一看，竟然是光头女。

“让我先可以吗？”陈栋看了看手表。

“我也很急。”光头女眼眶还是红的。陈栋有些心软，想让又怕迟到：“要不拼车吧？”

“没问题啊。”光头女的话语里已听不出一丝悲情，陈栋觉得有些奇怪。

“师傅，先去花园酒店，然后再去……哎？你回哪个医院？”陈栋回头问她。

“我也去花园酒店，我还有个婚礼要参加。”光头女在后座熟练地补着妆。

“你们别回头看啊，我换一下衣服。”光头女说道，她利落地把病号服脱下，换上了一袭红裙子。

陈栋又想问她这是在干吗，可这时他来了个电话，是花园酒店现场这边有了点小问题需要他的意见，他讲了一大通电话，车子已经停在了酒店门前，付了钱下车，却猛地发现后座的光头女不见了，下来了个一头长发的女人，高跟鞋嗒嗒地敲击着地面，比陈栋还急着往前走。陈栋愣了一下追上去：“哎！哎！你站住！”

他伸手想去抓她的头发，觉得那是假发，女人挡了下来：“真头发！

刚才戴的头套，热死我了。”女人撩着头发。

“你刚才是在演戏啊？”陈栋完全被弄蒙了。

“关你屁事！”女人先闪进了酒店，陈栋进去后就被琐事缠住了，有一阵他把这个怪女人的事忘在了脑后，可一空闲下来，他就又忍不住会想起，忍不住去注意她。

他在做准备的时候她坐在角落无聊地绕头发玩。他在主持的间隙她在发呆不理身旁搭讪的人，他从主持台上走下来宴席开始她默默地端起酒杯喝了一大口。他坐在隔着三张桌的位置随便吃一口，想着一会儿新娘抛完捧花今天就可以收工了，她却端着酒杯站了起来，走到正在敬酒的新娘面前说我敬你一杯。新娘笑着说我不会喝酒，我以茶代酒吧。她却固执地不肯。新娘脸色变了，说你是谁啊？我不认识你敬什么啊？

陈栋看着她表情微妙地变了，抽搐了一下嘴角，像是笑更像是嘲讽，陈栋之前还拿不准她是要干吗，这一下确定是想闹事了，他起身三两步冲过去，却怎么也快不过她的手，她的手腕轻轻一勾再一送，杯子里的红酒如泼墨般飞了出去，落在了新娘那粉底过厚的脸上。

伴着新娘的叫声和宾客的唏嘘，女人转身就走，陈栋想拦住她，新郎的动作却更快，一把抓住她的胳膊，她逃不了了。

新娘擦着脸上的红酒，一脸的愤怒：“老公，打她！”

“哪儿来的疯女人！”新郎把他往身前拉。

女人猛地回过头，怒视着新郎，脸越靠越近，这近距离的逼迫反倒让新郎有些措手不及。

“疯女人？现在叫我疯女人了？不是当初一口一个亲爱的小宝贝的时候了啊！”

“你别胡说八道！我根本不认识你！”新郎回击道。

“不认识我？”女人猛地挣脱了新郎的手，撩起裙子露出左大腿，“那你认识这个吗？！”

众人的目光齐刷刷地降落在她的左大腿上，上面赫然显现着文身“周铭”，新郎的名字。

在一片愣神和随后的哗然到来之前，女人放下裙子，迈开步子，再一次如胜利者般把一世的喧嚣遗在身后，那身后有新娘对新郎的质问，有新郎猛然的狂吼，有新娘扯掉的桌布，有一片杯盘狼藉，还有陈栋那敌视又满是好奇的目光。

女人走出酒店，拦了一辆出租车，坐在后座用手机发了条信息，只有“搞定”二字。她拆了包湿巾，挽起裙子擦掉左大腿上的字，想着今天都挺顺利的，除了那个婚礼策划，闹的两场都是他负责的，有点小内疚，但很快，这内疚就被现金到账的短信提示所平复。

这个怪女人叫刘贝伊。

刘贝伊对陈栋的最初印象是粗略的，却觉得他是一个精细的人，板正的衣服，头发也一丝不乱，如果硬要说哪方面最让她印象深刻，那只能说他的眼睛还挺有神的，确切地说是他看自己的眼神，里面满是探寻的内容，复杂又深邃。

刘贝伊闲了五天，日子又爬到了周末，婚礼总是在周末举办，这回她穿着一身劣质的皮衣，杀马特的发型，嚼着口香糖，摇头晃脑地来到酒店，远远就看到门前站着的陈栋，她在心里骂了一句：×！狭路相逢。

陈栋用了五天的时间才释怀上周的那两场失败，也不能算是失败，只能说不完美有瑕疵，就和这漫长的人生一样，总会遇到几个不愉悦的人。他在酒店里布置好现场，还有十分钟婚礼开始，他出门透口气，就又看到了那个让他不愉悦的人，陈栋立马拦住她。

刘贝伊装作才看到他："哟，咱俩真有缘。"

陈栋说："别扯没用的，你来干吗？"

"参加婚礼啊。"刘贝伊把口香糖吐掉。

"就这么巧啊？我策划的婚礼新郎都是你前男友啊？"陈栋没好气地问道，眼神像是要把刘贝伊看穿。

刘贝伊被这么一看，就有点露怯："经历多不行吗？"

"谁雇你来捣乱的？我的哪个同行？"陈栋往这方面推测。

刘贝伊装作不屑地"嘁"了一声，不回答。

"那就是不否认是受雇于人喽？专门给别人婚礼搞乱子？"陈栋思维敏捷。

"你别猜了，我今天是来演出的。"她语气故作诚恳，比画了一个手势，意思让陈栋看她的行头，一身的摇滚范儿。

“别蒙我，我是策划……”陈栋的话还没说完。

“贝伊！你快点进来啊，磨蹭什么呢？”酒店里走出来一个人喊道，和刘贝伊一样的装扮。

救兵终于来了，刘贝伊松了一口气，冲陈栋挑了挑眼睛道：“新郎请我们来的。”绕过他进去了，陈栋急忙跟进去，还是觉得不安，总觉得没这么巧。

典礼开始前，刘贝伊和她的乐手们在台上表演，唱什么死亡摇滚，撕心裂肺的。她一边唱一边观察着远处抱着胳膊看自己的陈栋，想着这人看得也太紧了，必须赶快找机会动手。于是在唱到最后一首歌时，刘贝伊表现出情绪过于激动，把吉他摔了，顺便踹倒音响，把布幔扯掉，把拱门弄塌，几个动作几乎一气呵成，迅速利落，然后在音响刺耳的嘶鸣中，和同伴朝门外飞奔。

所有人都还没反应过来是怎么回事，陈栋就追了上去，一直追到酒店门前，没追上，几个人已经上了出租车，隔着车窗，刘贝伊还冲陈栋做了一个鬼脸。

一切都明了了，刘贝伊再一次成功了，而除了新人，最大的受害人永远是他陈栋。他永远想给新人一个完美，而那女人却想在上面抹把灰，她就是我的敌人，陈栋这么想着，千军万马也不退，和你死磕。

下个周末的一场婚礼，陈栋让两个工作人员守在酒店门前，死活都不能让刘贝伊入场，可这一场她却没来，他竟多少有些失落。再下一场，她还是没有出现，他开始认定之前为巧合了，再下一场，他都有点把她忘了，她却又耀武扬威地出现了，在大堂里放了一串鞭炮，在噼里啪啦的硝烟中离开。

这以后，她总是隔三岔五地出现，陈栋丝毫不敢怠慢，采用严防死守，可她总是能混进来，闹一场，有时乔装成酒店服务员，有时又是后厨人员，甚至都能打入新娘内部成为伴娘，变着花样让陈栋开眼，搞得他狼狈不堪身心俱疲。可是，他却在这样的过程中，越来越对这女生感到好奇，这好奇像藤蔓一样在身体里攀爬，让他觉得痒，觉得有些东西在生长，让他在某些她没有过来闹的婚礼现场心不在焉，像是自己在演一出并不精彩的舞台剧，目光却一直在台下的座位间寻找最在乎的人，怕她来，又怕她不来。

而刘贝伊也在这样一次次的交手中，更多出了一些别的情绪，只有陈栋在场的婚礼，她才觉得闹得有意思，才觉得有成就感，看着陈栋的惊愕和气急败坏，她反而觉得好笑，觉得有一种别扭的存在感，或者说，没有陈栋在的现场，她竟生出了些许的不安心。

夏天渐渐熬过去，很多的婚礼选择在室外举办，还是有些热，陈栋松了松领带，继续主持婚礼，在新人倒香槟塔的时候，他瞄到了刚刚入场的刘贝伊，离得远远的，他也能看出来她今天特意打扮了，不浮夸，不抢风头，只是淡淡的美。她坐在了角落的一张桌子前，不动声色地端起酒杯，默默地喝酒，眼睛却始终盯着台上的新人，陈栋想起第一次遇见她那天，她穿着一袭红裙子，也是坐在角落里喝酒，警报在心里拉响，他担心她故技重施。

婚礼仪式刚结束，她又倒了杯酒，陈栋知道她要行动了，扔下话筒就往她身边跑，却看她并没有起身，而是把那杯酒干了。他在她身边坐下，察觉到了一丝不对劲，想开口询问，说出来的话却是："我今天就看着你，你别想捣乱。"

她冲他笑："要不要陪我喝一杯？"

"我不喝，你赶快走，不然我叫保安啦！"他说得冰冷。她却"嘁"了一下："不用你撵我，我给新人敬杯酒就走。"说着站起身。

"你别装了！你是不是又想用酒泼人！"他拉住她。

"别他 × 装得你很了解我似的！"她挣开，他还想拦住，却听到她冲新郎喊道："宋天俊！"

新郎回头朝这边看，确切地说是所有人都朝这边看。陈栋想着完了，又来这一手，想着是拉是扛也要把她弄出去，却听到新郎道："你怎么来了？"是认识的口吻。

这下，连陈栋自己都等着看好戏了。

然而并没有好戏，刘贝伊只是很礼貌又节制地和新郎新娘碰了下杯。“祝你们新婚快乐。”她说得满脸微笑，自己把酒干了，转身离去。所有人的目光也随着黯淡了下来，重新寻找焦点，只有陈栋一直跟随着她的背影，看着她走远，三步，五步，十几步后在场外的草地上蹲了下来，陈栋追了过去。

她在哭，妆都花了，他的手落在她耸动的肩膀上，问她怎么了？她说你走开，不用你管。他没有走，换了个问法，你还好吗？她哭得更凶了。“我就是个失败者！”她没头没脑地说道。

那句话就像是一把刀，把谈话豁出了个口子，确切地说是陈栋在听她说。

她说：我不是坏人，我闹了那么多场婚礼都是我的工作。

她说：这个世界上每天举办多少场婚礼就有多少个受伤的人，没有那么多大度的前任，不是每个人都能真心祝福的，但也不是每个人都想去置人于死地，我们只想捣点乱，折腾一下，这样心里似乎就能好受点。

她说：闹了这么多场，我也累了，也该换个工作了，其实我也不想做的，我这是在磨炼自己。

她说：今天这个新郎是我前男友，我们在一起五年，把日子过得乱七八糟，他爱玩，爱闹，我就改变自己陪着他玩，陪着他闹，然后有一天他和我说分手，说他玩够了，想过正常生活了，你知道我听了之后是什么感觉吗？不是难过，不是愤怒，是羞辱，凭什么觉得我不配过正常生活，我他 × 变成现在这个样子还不都是因为他？

她说：我等这一天等了很久，我预演了那么多场了，今天一定要闹个天翻地覆，可当我真的喊出他的名字，站在他面前的那一刹那，我一下子就不想闹了。看着他穿着西服打着领带理了短发，眼神里有了我不曾看到过的沉淀，我突然意识到我曾爱过的那个男孩长大了，不再是饿了就缠着我去吃东西，心情不好就脾气乱发一通，谁的话也不听，对谁都不想负责任……在离开我的这段时间里，他的人生似乎变得更美好了，所以我就在想，我到底爱不爱这个人呢？我怀着爱他又恨他的心情，大闹这一场又有何意义呢？我难道不想让他过得更好吗？如果连这都做不到，我还谈什么爱呢？我有些缕不清楚，但我只是忽然开窍了，爱过的人就让他爱过吧，我们总是那么拼尽全力地去爱一个人，但千万不要让这份本来真挚的爱变成人生里一道过不去的坎。

她说：我承认我心软了，我承认我输了。

陈栋想说爱情这东西其实是没有输赢的，永远都是两败俱伤，他回过头去看那新郎，挽着新娘的手，就像挽着全世界一样，而他身边的姑娘，却陷入谜题里泪流不止，陈栋一阵地心疼，一阵地心烦，又被这烦和疼冲昏了头脑，他说：“你等着，你还没失败呢。”

他站起身往回走，在后台翻出备用的两个巨大风扇，瞄准宴席区域，插上电源，调到了最大功率。

狂风大作，时间似乎慢了下来，花朵、布幔、裙子、桌布，扬起一片白色，慌乱的人群压着裙子，捂着衣服，按着头发，新娘的头纱飞走，她伸手去抓，却被绊倒，身体下降之际，抓住了新郎的袖子，袖子裂开，香槟塔倒掉，像大厦轰然倒塌，水滴在跳跃，溅落新郎一身一脸，像落了一场雨，像荒诞的戏剧，像热闹的人间。

陈栋跑到刘贝伊身边，两个人远远地看着这出闹剧，看着看着刘贝伊笑了，可看着看着她又哭了。

刘贝伊说："算你帮了我一个忙，我请你吃饭吧。"

"就吃饭啊？我为了你工作都丢了。"两人背着那堆混乱往远处走。

"不然呢？我可没叫你帮我。"刘贝伊故意气陈栋。

"好好好，我自作多情行了吧？"陈栋想了想道，"那得吃点好的。"

两个人在一家江边的大排档喝啤酒，刘贝伊说："以前我俩总来这儿吃。"

"往事就不要再提啦，都是别人的新郎了。"陈栋说道。

"我今天本来想做个好人的，现在心里挺不是滋味的。"刘贝说道。

"心里有苦就说出来，别总是自己劝自己，心里不爽就表明白，委屈了自己也没人理解你。"陈栋像是说给刘贝伊，也像是说给自己听。

"别装得你很懂似的！"刘贝伊举起杯子，"喝酒喝酒，别灌鸡汤。"

两个人那晚都有些喝多了，摇摇晃晃地在江边散步，陈栋走在前，刘贝伊走在后，刘贝伊边走边说："其实你这个人啊，还是很不错的，做事严谨，追求完美，工作有条有序的，虽然我总是去给你砸场子，但这些我都能看出来，你有领导能力。”

陈栋立马换成一副领导的口气道：“你这个小同志眼睛还蛮尖的，你也很不错嘛，思维敏捷，随机应变，天不怕地不怕的个性现在很难得喽。”

刘贝伊一阵笑，用手拍打着陈栋的肩膀：“谢谢领导夸奖。”

“谁是你领导，我们是敌人。”陈栋故意逗刘贝伊。

“人家都从良了啦。”刘贝伊的口气有点像撒娇。

可能是喝多了酒，也可能是晚风容易让人沉醉，刘贝伊看着前面陈栋背在身后的手，突然很想去牵，她犹豫了一会儿，还是这么做了，可是刚碰到陈栋的手，陈栋却像知道似的，把手伸向了两边，指尖在他掌心划了一下，又落了下来。

“我快结婚了。”陈栋背对着她说道。

这对于刘贝伊来说是惊讶又尴尬的。“知道啦，快结婚的人不能随便牵手的。”她尽力说得轻松，像个玩笑。

“你是不是觉得我这人没劲透了？”陈栋这话像询问也像是自责。

“那你觉得我这么闹腾就好嘛？”刘贝伊反问回去。陈栋不回答，沉默了好一会儿：“你会来我的婚礼闹吗？”

刘贝伊摇了摇头：“闹够了。”

那晚的话算是说到了尽头，路也走到了分叉口，一个往前，一个停留在原地，这回换陈栋在背后，目送着刘贝伊越走越远，那背影像极了一个郑重的告别。

陈栋开始着手筹备自己的婚礼，给别人策划了那么多场婚礼，到自己的了却只想简简单单的，就像是看透了生活本质的人也就不再会去恋恋红尘。

女朋友是之前家里人介绍的，身份背景都没什么可挑剔的，就是性格有点合不来，家人劝说婚姻是需要磨合的，过着过着就顺遂了，陈栋却总是想着，如果是两个齿轮，磨合好了会带动整个机身向前奔跑，但如果是两张砂纸，到头来只会互相损伤，一无是处。

筹备婚礼的过程也并不是一帆风顺，女朋友总会有各种各样的奇怪要求，他试着去商量，女朋友就会生气，这让他的心情也时常地不好，在情绪低落的时候，他总会不经意地想起刘贝伊，又很久没见了，也不知道她最近怎么样，想联系她，却又没有联系方式，这缘分有些粗糙。他劝刘贝伊说爱情里不只是输赢，那换作他自己呢？似乎只剩下了妥协。

刘贝伊这段时间过得也不好，整天萎靡不振地躺在床上，不再去闹婚礼，生活似乎一下子失去了动力，没有工作，没有爱情，脑子里只剩下胡思乱想，可她想的最多的人不是陪了五年却一场空的前男友，而是那个就快要结婚的陈栋，他婚礼筹备得怎么样了？他最近忙吗？他还记得自己吗？每每想到这些，她就会一阵莫名的低落，也会再把陈栋每一次看自己的眼神回味一遍，在记忆中又察觉出了一些别样的深邃，也试图去捕捉些新的内容。

她那天在看一本书，里面的内容讲的是一个九十岁高龄的老人疯狂地爱上了一个十几岁的少女，因而对生命焕发出了新的热情。那本书的结尾这么写道：真正的生活开始了，我的心安然无恙，注定会在百岁之后的某日，在幸福的弥留之际死于美好的爱情。

刘贝伊合上了书，久久不能平静。

陈栋婚礼当天，女朋友成了新娘，就变得格外地娇贵，从一早就各种挑毛病，这不行那也不对，陈栋一直忍着，迁就着，劝慰着，他想着熬过去这一天就好了，可真当站在舞台上那一刻，当聚光灯照在脸上眼前瞬间漆黑那一秒，他突然想哭了。他觉得自己委屈得要死，他事事严谨，追求完美，追求工整，不单是工作，生活也过得一丝不苟，他不想让工作出意外，更不想让人生出意外，他以为自己循规蹈矩，步步为营，最终肯定会能有个完满的结果，可为什么当这一切来临了，当所有人的目光里都满是羡慕和祝福之时，他却觉得糟透了呢？

他接下来像提线木偶一般被控制着完成了婚礼的各个仪式，他心里却一直在想着刘贝伊，想着第一次见她时的光头造型，他甚至在祈祷着，你快来吧，来闹吧，你闹了那么多场我策划的婚礼，怎么轮到我自己的时候你却躲起来了？你快来吧，来闹吧，让这一切早些结束，来带我离开这按部就班又乱作一团的生活，我已经败絮其中了，你快来帮我把表象也撕毁吧，我一个人做不到，我需要你帮我，我需要你给我勇气。

“咣”，门被撞开的声音，从门外透进来的光亮把一个人影描成黑暗，所有人的目光都被这声音吸引过去，陈栋虽看不清那人是谁，却紧张地滚动喉咙。

那身影往前迈了几步，走得有些迟疑，有些怯懦，她的模样渐渐清晰，一个穿着病号服的光头姑娘。

陈栋看着她往舞台这边走，突然就笑了，笑着笑着眼中就有了泪光，光头姑娘走到他面前，他只是流着泪，但是她却全都明白了。他以为自己会说出什么感人的话，可他却一句话也说不出来，而她也只有一句：“我还是来了，你希望我闹吗？”

他点了点头，又摇了摇头。她又问：“那你现在要牵我的手吗？”

他毫不犹豫地伸出手，拉着她的手，在一片诧异的目光中，跑出了大堂，跑出了酒店，这一路很短很平坦，却好像跨过了千山万水一样艰难，只是自己生活的一个选择，却生出了联手与世界为敌的感慨，谢谢你来了，谢谢你闯入我的生活，你是陌生人，你是破坏者，你是害惨我的人，你是拯救我的人，你是山高水远来找我的人，你是一个眼神就可以看透我的人，你是我最亲爱的敌人。

陈栋和刘贝伊跑到了一片湖边，两人靠在石栏边都弯着腰大口地喘着气，都有一肚子的话想说，可气还没喘匀，说不出来，就看着对方笑，开始只是微笑，但笑着笑着就变成了大笑，好像要把这辈子的笑都用光似的。

陈栋笑着笑着道："别……别装病人了，把头套摘了吧，不热啊？"

刘贝伊摸了摸光头，不笑了："没装啊，这回是真没头发了。"

陈栋愣住了，刘贝伊问他："怎么？害怕了？"

陈栋摇了摇头，坚定地道："千难万险，都不怕！"

桃花

幽草

幽草

上海最世文化发展有限公司签约作者

比起成为有用的人，更想成为有趣的人。

出版作品：《狼少年》，参与风象合辑《17》

一

听说中庭里那株桃树就要没了。有人说要砍掉，有人说要移走，病房里热热闹闹地讨论这件事好几天，也没个确切结果。

早上例行检查的时候，小关向护士求证了这件事。“不知道。”她冷淡地说，一边熟练地将针头扎进他的血管里。她不是他相熟的那个年轻护士——那个护士这两天请假筹备婚礼去了，替代的是这个三十多岁一脸黄斑的女人，看起来很不好打交道。小关闭上嘴，他靠在枕上，望向病院的窗外。

12 月末一个晴朗的早晨，第一次见到那个男人就是在那时候。他站在医院的中庭里弯着腰，好像在杂草中摸索什么，随即抬起身来仰面朝向天空，将一片嫩叶贴在鼻子上，陶醉似的长久沉浸在叶片的气味中。

医院的中庭有着街心公园无法相比的安静。小径上站着许多默默晨练的老人，他们在蓝色病号服下伸出褐色的手臂，像一截叶子全部落光的树枝，被风吹得哆哆嗦嗦。相比之下，那个凝固的身影就像一张刺激的油画。树冠中落下一段阳光融在他头上，模糊了脸，愈显得高大的身体轮廓分明，紧紧地绷住衬衫。鲜明得近似喧嚣的生命力，强烈地冲突着中庭里那份病态的宁静。小关不由得睁大了眼睛。

第二次见到他竟然是六个小时后，在自己的病房里。新来的病友在相邻的空床上坐下，嫌热似的脱了衬衫，宽阔的肩膀刺入小关的眼中。

“我叫张佺。”他朝病床上的小关打了个招呼，“弓长张，偓佺的佺。是个诗人。”

时近冬季，他却若无其事地穿着短袖，露出肌肉饱满的手臂。小关看着他，一时不知从何回应。

“……偓佺？”

“知道《列仙传》吗？”他笑了笑，“是个古代仙人的名字。”

“哦。”小关敷衍着，“诗人？”陌生的词语令他的舌头有点打卷。

张佺点点头：“你读诗吗？”

“不读。”

他似乎本来想说点什么，听小关这么说，失望地闭上嘴巴。

“对了，在我之前睡这张病床的是什么人？”

“一个上班族，三十二岁。有个漂亮的太太。”小关说，“前天死在这张床上了。”

张佺瞪大了眼睛，半晌才开口：“吓唬人的？我才二十七岁。”

“嗯，吓唬你的。”小关笑了笑，“我十七岁。”

“你叫什么名字？”他似乎不知该对小关说些什么，开口问道。又醒悟过来探头看了看小关床头的名牌，抱歉地对他笑了笑。

小关熟悉这种笑容，以前同班同学来探望时，询问病情后也会露出这样的笑容。他顶厌烦这种虚假的好意。只是这个年轻的诗人似乎还不明白，在这个科室住院意味着什么。他打量着他那张丝毫看不出水肿和劳累的脸，犹疑着要不要详细问问他的病情。没过多久，有护士走进病房里来通知张佺去做检查，小关拉上了帘子。

小关入院是在这一年9月。暑假过后升入高三，第一次会考成绩刚刚出来。一个沉闷的傍晚，讲台上的英语老师正拿着试卷没完没了地拖堂，坐在第五排的小关忽然昏了过去，身体从课桌滑下地面，发出一声沉闷的撞击，中断了这个地狱一样漫长的晚自习。

挂了一个多星期的消炎针，尿蛋白和红细胞的指数依旧高得惊人。一个月后，肾衰竭的判决书送到了他的病床前。主治医生特意到病床前安慰他，说这不是不治之症，只不过要慢慢治疗。

来年的高考要和自己无缘了——这是小关的第一个念头。继而，“死”这个空洞的概念才慢慢进入他的脑海。父母在床前哭了几场，班主任也组织同班同学前来探望他。平日不熟的同学来到他的病床前对他说话，用班费买的百合花束和果篮放在床头柜上，令小关受宠若惊——这时候，他还什么都没想到。直到几乎所有人离开了，只剩下几个熟悉的朋友围在床边时，小关同他们开了个玩笑：

“一个个轮流过来对我说话，和遗体告别似的，我还没死呢。”

几个朋友心不在焉地笑了，都避开了直视小关的眼睛。歉意和怜悯的表情令他们的脸孔显得陌生。和那些不熟的同学一样，一张张整齐划一的脸。一瞬间，小关几乎以为自己是隔着灵堂的相框在与他们对望。

熟悉的世界在转身后消失。进入这个科室的病房，朋友们口中的“小关”就不存在了。写在床头名牌里的名字，不再是往常他在试卷里填写的名字。他还没有死，可是他对整个世界而言都是陌生的。

二

每天都要测体温、心率、血压，查尿。身为人的尊严也就在这些日常检查中一点点失去。和所有新来的人一样，张佺还不习惯这些事情，私底下和小关抱怨了几次，小关随便应付了过去，心里想这还只是刚开始。这个二十七岁的诗人男子，在短时间里破碎了小关原先对诗人这个形象的幻想。张佺性格极活泼，没事就跑到小关的床前找他聊天，讲最新的业界新闻，聒噪得令人心烦。他所讲的业界新闻也无非是硬盘价格跌了啊，卡普空又出什么游戏了啊，小关顺口问他职业是什么，张佺说他是个程序员。

“说好听点叫网络工程师，通俗来讲就是IT民工，IT狗。”

“可你说你是诗人？”

“也没错啊。”张佺若无其事地说。小关心里陡然烦闷起来——一个写诗的程序员，还是一个写程序的诗人？但照他的经验，继续问下去可能会引出张佺更加无休无止的谈话。他决定以沉默来表明态度，于是望着窗外一语不发。

“你在看什么？”

几天来小关的目光老是望着窗外，张佺也注意到了。他走到窗边好奇地向外张望着。

“没什么……”小关含糊地说，忽然按捺不住想说说那株桃树的事，“有人说医院最近要砍掉那棵桃树。”

11月起医院就给中庭里所有的树缠上了麻绳保暖，那棵桃树也不例外。然而最近中庭里总有陌生的工人围在那棵树旁边，似乎讨论着什么。到底要不要砍呢？新婚归来的护士也支支吾吾地说她不清楚这件事。张佺喜欢和女生开玩笑，最近和她打得火热。小关有点反感，一直对他隐瞒着护士刚结婚的事。

“我看看……”张佺作势观察了一番，又转头望着小关，“喂，哪棵是桃树？”

“阳光下面，全秃的那一棵。”小关没好气地回答，“你不知道看什么看啊？”

“我又不是植物学家！”张佺反驳道。小关没接话。

“特别在意那棵桃树？”张佺又问。

小关沉默一阵，答非所问：“这株桃树，据说年年都开花。”

年年都开花结果的还有核桃树、柿子树和李树。刚入院时，小关曾趁着身体还不那么浮肿沉重的时候在中庭里散步。那些果树没有标名字，不谙熟植物的他却能叫出每一棵树的名字。对这件事，他自己也觉得不可思议。

“总觉得……小时候梦到过这棵树和这个医院似的。”

医院食堂十一点开门，小关输完液去时已只剩残羹冷炙。坐在油腻的塑料桌前看见有人朝自己招手，张佺端着餐盘走过来，一屁股坐在他对面。

“这粥真难喝。”

张佺一脸难以下咽的表情看着他眼前的白粥，似乎实在喝不下去，只是无聊地用汤勺不停地搅着。小关点点头表示赞同，他的面前也摆着一碗同样的白粥。

“医生劝我做一个穿刺手术，术前三天，最好只喝这个。”他苦着脸说，“可这实在是有点……”

“还好吧。”小关敷衍道。在他看来，还能挑剔食物的张佺可以说是幸福的。不过这是过来人才能体会的心情，和张佺说了也无济于事。

“我好像要死了啊。”

“那个手术我做过，只能算检查手段。”小关打断他，“小手术而已，别疑神疑鬼的。”

“不是疑神疑鬼。真的，我可能就要死了。”张佺认真地重复一遍。

“开玩笑？”

“我拿这种事开玩笑干吗？”张佺惊异地看着小关。他的神色很严肃，那是发表什么重大事件的口吻，却并不悲戚。小关不由得被他的气势打动了。

“好吧……不过，我也快要死了。”

“那我们两个不就是盟友了吗！”张佺居然打了个响指，“‘将死同盟’，有点酷啊。”

食堂外是一个晴朗的中午，白白的阳光穿过门洞，在地板上画出一个图形。小关一边思索着“将死同盟”这个词一边进食，毫无味道的白粥流过食道，只有胃里的充实感明显起来。吃完饭，张佺接过小关的空碗放在自己的食盘里，小关跟在后面。他的身体水肿得厉害，步子很慢，看着前方张佺那高大的身影，不由得对这个走路带风的人居然会死感到一丝迷惑。

走出食堂，本来以为张佺会回病房，他却径自去了中庭。小关也只好慢慢跟在他身后。两个人在向阳的石凳上坐下，面朝着那棵光秃秃的桃树。太阳晒着头顶，耳根下却吹过12月的冷风，小关不由得羡慕地看了一眼毫无知觉的张佺，缩紧了棉衣下的身体。

“你得的是什么病？”

“肾炎。”张佺说。

“听起来死不了啊。”

“我一开始也这么想啊。”张佺笑笑，“本来是公司组织体检才去的医院，检查完人家就让我住院了。医生说具体情况还得等穿刺以后才能确定，不过我知道自己是要死了。”他指指自己的脑子，“这里的预感一向准确。”

“真的？”

“真的，百发百中。”

“诗人的直觉是吧？”小关嘲笑了一声，“我住院的那天，学校里刚发下英语试卷，我考得特别差。被抬去医院的时候心里想的是‘这下不会被父母骂了’，心里居然松了口气。”

“至少你现在不用再担心这种事了吧？”张佺笑着接过话。这话怎么听都不像是在安慰人，小关翻了个白眼。

“喂，十七岁的时候你是什么样的？”

“十七岁……没什么吧。”张佺沉吟着，“准备高考呗，参加各种奥赛，理科很好。遥远的过去。”

“理科很好？”

“然后念了计算机系。”他笑笑，“我本来想学哲学，毕业那会儿还想考哲学系的研究生呢。后来发生了一些事……掉了链子。也没考研，直接工作去了。”

“都是十七岁以后的事了。”他苦笑着说。

“链子掉了，你明白吗？自行车不走了，怎么用力骑也无济于事。”张佺解释，“总觉得我这个人在什么关键的问题上没有想通，很长一段时间过得浑浑噩噩的。”

“看不出来。”

“那是因为我写诗。”他自豪地说，“把心里那些不痛快的、憋着说不出口的东西一鼓作气宣泄出来，之后神清气爽，自豪感油然而生。”

——听起来倒像在做什么猥琐的事情。小关说出感想，张佺笑笑说，说不定真的是那样，本来人做的事情也没有高尚猥琐之分。

“总之是——‘carpe diem！’伊壁鸠鲁说的，‘及时行乐’。”

“可是我能有什么乐子？”小关抬头望着桃树，怔怔地问。张佺转头看着他的脸说不出话来。

“那个……劳伦斯怎么样？ D.H. 劳伦斯。”

三

张佺借给他一本《20世纪西方抒情诗选》，是他不多的随身行李之一。小关一目十行，专挑看得入眼的读。

我知道你怎样寻觅我／你触过的书籍偎在我的身边／你前几日带给我的正在枯萎的花朵／用苦涩的芬芳诉说你梦中的酣甜

这是他推荐的D.H.劳伦斯。小关没什么兴趣，抒情的调子打动不了他。

坐一辆舒适汽车旅行／在一条落雨的村路上／黄昏时分我们看见一个衣衫褴褛的人／鞠躬示意，求我们带他一程

我们有房屋，我们有空间，我们把车开过去／我们听见我悻悻地说道：不／我们不能带任何人

我们走了很远，也许有一天的行程／这时我忽然吃惊于我的这个声音／我的这个言行和这／整个世界。

布莱希特的《坐一辆舒适汽车旅行》，小关更中意这样的诗。晴朗的午后躺在向阳的床边，一个严肃的男人的声音在他耳边响着。简洁，有力而不悲悯。他一瞬觉得自己似乎去了某个遥远寒冷的北方国家，再抬头，还是病房里安静的输液午间。冬天白白的阳光晒着那棵光秃秃的、看不出死活的桃树，眼前的现实令他忽然有种饕足而厌倦的心情，不由得长长地叹了口气。

但是要说布莱希特到底好在哪里，小关也说不出个所以然来。这种心情他也对张佺说了。张佺说没关系，读得多了自然就说得出来，关键是感受力。

“你的诗能让我看看吗？”

“……算了吧。”

帘子那头的声音显得犹豫，让小关心里犯堵。张佺虽然自称是个诗人，小关却从没见过他写诗的样子。不过，他爱怎么说就怎么说吧——在这个病院里，他们只不过是“将死同盟”。

十年的岁差在“都要死”的共同命运下被消除了，说来有些滑稽。喝完白粥从食堂出来，小关总是拖着沉重的步子慢慢跟在张佺身后走向中庭。在这个比自己大十岁的男人身上，小关看不到任何成人该有的事故。他从不像之前病友那样给他讲自己的人生故事，也从不哀叹自己不幸，只是天南地北地和他闲聊。身旁的长椅上总坐着一两个脸色惨白的老人闭着眼睛晒太阳，看上去和死了没有分别。小关从刚入院时就在窗口每天瞧见他们，他觉得这些老人是医院里的幽灵，就算一年后自己和张佺都死了，这些老人还是会每天待在中庭里，惨白着脸闭着眼睛。十年五十年，医院填平了，城市消失了，他们依然还坐在这里。

“你喜欢什么花？”张佺问小关。

“桃花……吧？”小关没有特别喜欢的花，眼睛里望见对面干枯的树干，他胡乱答道。

“桃花？你很有诗人气质嘛！”张佺兴奋起来，“知道太宰治和中原中也是怎么相识的吗？在东京的小酒馆。‘你喜欢什么花？’这中原中也对他说的第一句话。太宰治呢，用快哭出来一样的表情，就是你刚才那个表情，回答说‘桃花’。我们刚刚重演了一遍。”

“在病院？”小关兴趣不大，“太宰治写诗吗？”

“嗯，写没写过呢……差不多吧。”

他含糊地回答。看来对这两个日本文人，张佺所知道的也仅有这些东西。他那爱跑火车的说话方式总令小关怀疑，张佺最多不过是一个二流诗人，成天把诗挂在嘴上，却连作品都不好意思拿给人读。他的观察力是敏锐的。病房里三个月的时间所带来的成长，比他之前十七年全部的经历加在一起还要来得多。病重令他高贵而早熟，只是周围的人都不知情罢了。

“总之，桃花——所以你特别在意那棵桃树。”

“也不是……反正就觉得熟悉。”

这个医院是小关落草的地方，小时候他因为肺炎也来这里住过院。那时候有没有这棵桃树呢？小关不清楚，又觉得没有必要去问。况且就算向人询问，恐怕谁也记不得这些树是什么时候长在这里的。小关吞吞吐吐地说着，张佺沉吟起来。

“一见如故，就是命吧。”

“我可不信命啊。”

“那如果世界上有一种全知全能的东西，洞悉你的一切过去未来，你会怎么想？”

“什么玩意儿？”

“拉普拉斯妖——法国数学家拉普拉斯提出来的概念。”张佺说，“宇宙此刻的状态是过去的‘果’，又构成未来的‘因’……那么，如果有一个智能知道宇宙中所有的数据，并能进行分析，那宇宙所有物体的运动都会包含在一条简单公式中。没有任何事物在它眼中是含糊的……也就是说，它能推断所有的未来，这玩意儿就是拉普拉斯妖。”

“意思是……所有的这一切都是命中注定要发生的？”小关愕然地说。张佺神秘地眨眨眼睛。

“是不是呢……不过是的话，我们还为自己注定要死哭个什么劲儿呢？”

小关瞪大眼睛。瞬间，他觉得醍醐灌顶——自己是命中注定要住院的，张佺和自己相遇，结成“将死同盟”也是命中注定，桃树砍不砍去，甚至他们在这里谈论命运的这一刻，也都早早写进了宇宙的公式里……要不是张佺下一句话，他几乎会在这个瞬间成为宿命论者。

“不过，近代量子力学已经推翻这个理论了，不存在那玩意儿……你怎么了，脸色突然变了？”

张佺一头雾水地看着小关。小关咬着牙摇摇头，勉强忍下一肚子火。

“没什么。”

“说啊，你刚刚生气了吧？”张佺嬉皮笑脸地说，“你那压抑的性格虽然讨人喜欢，但反正都要死了，没这个必要吧？”

“我 × 你大爷！”小关忍无可忍地骂了一句。张佺惊讶地抬了抬眉，笑了。

“说得不错。再来一遍？”

“× 你大爷！”

十七年来只敢在心里偷说的话头一次说出口，意外地带来一阵舒畅感。抚着胸口，小关似乎明白了张佺为什么要提那样不正经的要求。或许人世上有着难以统计的生活方式，而他十七年来在学校里学习到的，不过是其中最乏味无聊的一种。

“我要是能重生一遍，一定要像你那样生活，肯定比现在舒畅自在。”小关有感而发。张佺点点头表示赞同。

“从现在开始也不错。你要是比现在多活二十年，也算一个重生了吧。”

第二天张佺去做了穿刺手术，接踵的一周里都躺在床上动弹不得。鲜血与屎尿在床铺间绽开，小关虽然也曾经历过一次那种地狱，再看张佺的惨状还是觉得不忍直视。他照张佺的要求拉上了帘子，不看他半眼，只是缩在自己床上一小片空间里读那本诗集，有时也应张佺的要求为他读读魏尔伦或者阿赫玛托娃。他再次明显感觉到自己和张佺在阅读口味上的偏差。

躺在床上等待漫长的抽血与输液结束的时间里，小关有时候不和人说话。天阴了几日，寒风刺骨，病房里现在已经不允许开窗。隔窗望着凋敝的中庭时，小关被不清不楚的思绪纠缠着。望着自己在激素治疗下变得肥胖臃肿的身体，他觉得那是陌生人的身体。他明白这种想法只是徒劳地逃避现实，吃饭的时候、穿着肥大的鞋穿过走廊去厕所的时候，和病床上那个身下屎尿的张佺一样，旁人忽略的这些细枝末节，才是活着对他们最大的严苛。

一直没有新来的病人占据靠门那张空床铺。护士说快要过年了，没人愿意趁这个时间入院。她以职业性的冷酷每日为小关抽血拔针头，处理张佺的血尿地狱。对一个新婚的女人而言，这样的工作未免太过残酷——病人也好，健康人也好，每个人都有自己的地狱。

一个星期后张佺出院了。那一天小关被主治医生叫去谈话，回来时发现隔壁的床铺空了，床头柜上留下一张便条，写着那本《西方抒情诗选》送给小关了，就当是临别礼物。

一会儿护士来病房里通知小关输液。小关倚在床上，看着清洁工在临床熟练地更换床单枕套，没忍住问护士：

“那个人，张佺呢？”

“出院了呗。”

“他不是快死了吗？”

“听他瞎说，肾炎而已。恢复得相当好，再赖着不走就是抢占医护资源了。”护士漫不经心地说，拍拍小关的静脉，“怎么鼓起来了？手臂别用力啊。”

小关瞪着窗外，心想现在兴许还能看见张佺偷偷摸摸离开医院的身影——这个骗子，若无其事地骗了自己二十多天，然后出院去过他正常人健全的生活去了，想到这个小关就气得全身发抖。

十七年来最珍贵的真心就这么被一个二流诗人糟蹋了。小关恨恨地攥紧拳头。这时他才发觉，张佺的出现不过是他住院生涯里很短暂的一段时间而已。

四

医院里度过了一个静寂的新年。小关也趁着过年那几天出院回到了家里，他已经不想再住院了。上次主治医生建议他放弃保守药物治疗改做透析，这样他至少能再活二十年。小关还没有下定决心。

春天的尘土粒子在空气中渐渐涨开。那天，他突然想一个人上街走走。对父母发火说“我都要死了”获得许可权后，他去了半年没去的高中。

正是上午上课的时间，校园里很安静。站在校门口，小关隔着铁栏往里看去，想象了一会儿他班级教室的模样。他不知道这余下来的二十年里自己还会不会再上学，这件事已经不太重要了。

穿过喧闹的街道，走入他上学时经常趁午间闲逛的那家小巷后，周围安静下来。小巷深处有一家旧书店，和那些出租漫画和玄幻小说的租书店不同，卖的是古籍和冷僻图书。小关走进去，在“西方”和“诗”两个分类的柜子前站着，随便打量那些或陌生或熟悉的诗人名字时，一个异样的书名映入眼中。

《张佺的诗》。

似乎不是正规出版物，没有书号、出版社和定价，印刷也显得草率。付款时问起，店主说是帮熟人卖的。总共才印了三百本，买一本少一本。

店门外是春日和煦的街道，小关站在阳光下翻开书。勒口上印着一张作者照片，可能是他六七年前大学时代的模样。照片里的张佺站在校园操场前面，瘦得厉害。阳光从头顶落在脸上，显得眼睛漆黑。他驼着背，像在思索什么深奥问题似的皱着眉，和小关在病院里见到的那副模样截然不同。一个瘦削而严肃的年轻人。

张佺（1981 年 3 月 ~2009 年 2 月），诗人。

小关怔住了。掏出手机确认一眼现在的日期，他的手突然颤抖起来。

现在是 2009 年 3 月。

“我好像就要死了啊。”“这里的预感一向准确，百发百中。”耳边蓦地响起张佺曾说过的话，小关双腿一软，蹲在了道路上。

……他是以什么样的心情，对自己说这些话的？

春夜温暖，医院庭院里那些熟悉的树木却还绑着麻绳。任凭双脚走一天路，最后回去的地方竟然不是自己的家，而是这个医院。小关在小径边伫立了一会儿，随即走到经常待着的那张长椅上坐下，借着旁边的路灯翻开张佺的诗集。

写序的是替他印制诗集的朋友，张佺的大学同学。简短地介绍了诗集的来历：张佺筹备这本诗集已有三年，书名还没有定下来，却因为一场车祸戛然而止，这是一个月前发生的事。我们决定替他完成遗志，因此定为《张佺的诗》。

——太过简短了。关于张佺是个什么样的人、他的大学时代，则只字未提。

小关合上书页。抬起头，迎面是一树怒放的桃花。夜色里的花丛像一个美艳的妖魔，灼灼地吸住他的眼睛。他忽然觉得那个全知全能的智能，此刻正透过宇宙的尘埃，用挖掘机一样的巨手轻松地翻搅他的身体。即使此刻，对于那个曾坐在这里和自己聊天的人已经过世了这件事，他还是没有半分实感。

“我好像要开始透析了啊。我的肾已经废了，医生的话就是这个意思。透析你知道吧，在身体上插两根管子，用机器代替肾脏的工作……

他说我至少还能活二十年，之后还可以换肾。可是换句话说，离开了透析机就会死。这种事谁能接受得了？我才十七岁啊！”

在这个陌生的世界中，张佺好像是唯一一个能对他说出真心话的人。小关说着，随即察觉到在这里自言自语太过可笑，不知道该干什么，他重新翻开张佺的诗集。

两个独行而石化的人，像两棵树
在旷野的一夜倾向于离别。有人说
死后身体凉爽，有人说死后灵魂便于走动

太抒情了，果然不是他喜欢的调子。可光凭这一点，小关还无法断言张佺是一个二流诗人。这是因为自己终于读到了他的诗，还是因为他的戛然离世？小关不知道。都是说不清道不明的无常。

“我大概，还是会去透析的吧。虽然很讨厌，可是桃花开得这么好……我……还想活下去啊。”

无人应声。小关注视着红色的桃花。过于茁壮的生命力在虚无的夜色里，显出同样的虚无。遒劲的枝条舒展着，仿佛正一点点伸向黑暗中看不见的角落，像一个健康男人的体魄。蓦地，他想起第一次见到张佺的情景，身体战栗起来。住院半年来时常考虑着的死亡，在此刻忽然有了一种神秘的吸引力。小关却什么也说不出口，也没有感到凄凉或哀愁。

张佺不需要那种空洞的祭奠，自己比任何人都要理解这件事，可是换作从前的自己，一定会哭的吧。小关想，自己已经不再是从前的自己了。“这一瞬间，我小时候梦到过。”一个念头倏地掠过他的脑海。

野猫在夜色里疾驰，在眼前一掠而过。一个老人走到小关身边，同他搭话：“你是这里住院的人吗？从没在这里见过你啊。”

可能是经常在窗口俯瞰到的老头，脸很眼熟。小关抬起头，看着他幽灵一样的脸。

“我在那里住了半年。”他笑笑，指着身后。老人随着他的手指缓缓抬起头，望向那个方向的窗口。

“肾脏科吧。不是一个科室的，难怪没见过你。”

“之前听说医院要砍这棵桃树，您知道吗？”小关问。

“砍树？没听说过啊。”老人说，“开得这么好，做什么要砍它？”

树不知道什么时候会刮风下雨，也不知道什么时候会被砍去，桃花却年年都要开放。“carpe diem！”小关在心里默念一声。他想，恐怕比生死更短暂的，只剩下眼前的一夜桃花了吧。

再见，
我的爱人

冯源

冯源

上海最世文化发展有限公司签约作者

我们什么都改变不了，我们只是自我的囚徒。

已出版作品：《职业规划局》《八音盒》《隔梦相爱》

此生你我的相遇是为了那注定的离别。

你让我写下遗书的时候，我知道你其实只是想知道我有多爱你，你总是拿死亡当作最后的标尺，但我还是非常认真地假想如果自己即将死去，我最后该去爱的人究竟是谁。在写的那个瞬间我是爱你的，可我也清楚地知道我心里还有疙瘩在拧着，因为我知道这不可能是遗书，你瞧，我总是在不该聪明的时候变得聪明，我只是需要时间来想清楚，来面对这份感情，而那点滴的时间对你来说则像是一场注射死刑。

直到今天，我依然时常想起你为我做过的事，你的每一个微笑和可爱的瞬间，对我来说就是烟花盛开的慢镜头，定格在我的生命里。如果我有人生的遥控器，我定然会让这镜头无限循环下去，因为我知道现在的我是那么地爱着你，爱着那个散发着慵懒阳光的你，你是我拥有过最美好的女子，我这么想，可这也仅限于现在的恍然大悟，我不得不面对，我的确失去了你。

爱之前，我们可以设想许多精妙的比喻和俳句来形容爱，我们美化它，溺爱它，赞美它，歌颂它，可在此之前我们是否真的懂得怎样去爱？那些缠绵，那些耳语，羞涩的对视，彼此的会心一笑，这些只是爱的一部分，只是华丽的外衣，不是全部。甚至在一个悲观主义者看来那些美好不过是爱最初的形态，随着时间的流逝，爱情便由一个婀娜多姿的妙龄女郎变成上下粗细一样的水桶妇人，是啊，爱如果不运动不打磨也会变成令人厌恶的存在。我们开始吵架，开始因为小事情而喋喋不休，开始把彼此之间的羁绊当作伤害对方的筹码，仿佛不把伤口撕扯得更大，就不是在爱着，爱就意味着彼此伤害吗？无论是距离还是背叛，无论是思念还是泪水，难道这些就一定要像餐桌上的调味品一样，等着我们一点一点地添加进来吗？那天，你说，如果爱，请用我要的方式，来爱我，不是你自以为是的荒唐和任性。那一瞬间，我像是被人一拳打倒在地，原来我一直如此莽撞，像个可怜巴巴的孩子。

那天是我们最后的日子，你说："走吧，已经没有办法了，或许我会去看你的。"你像一个乞爱者一样看着我，呢喃着这句话。我走的时候，你站在我的身后一只手扶着门，露出半个身子，你望着我的背影，我根本不敢回头看你，那时我的泪已经开始打转，可我更害怕看到的是你绝望的泪水，我知道你肯定和我一样在哭着，直到那重重的关门声把你我分隔天涯，我当时真不知道那意味着永别。

你是那么地爱我，而那时的我还不知道今天会如此地爱你，我恨阴差阳错的自己，所以我总是这么不合时宜，总是在你面前重复同一个悲剧，直到你忍无可忍，不再回头。

一切都是我咎由自取，都是我活该。

我真的要忘记你，一个人走下去吗？或者去等待那个所谓命中注定的人，这样想我自己都觉得好笑啊。

记得我时常把两根不一样的筷子放在饭桌上，你对此无法忍受；每当你和我说话的时候，我已不知神游何处了；我们在一起看电影的时候，你总是嫌弃我对未来剧情发展的猜测，这些累加起来的小细节足以让你变得歇斯底里，直到现在我才明白，其实你在乎的根本不是这些细节，而是站在这些不起眼小细节背后的那个心不在焉的我，你觉得我根本不在你身边，对吗？

如果一起看一部电影无法投入进去而是不停装作先知去猜想一切的话，这简直是就是把昙花终究一现的结局提前预告了，而我们错失的还有昙花那一瞬间的美好，最后我们不仅没有结果，连过程或者说连回忆的资本都被我剥削殆尽，我想我简直就是爱情的杀手。

那天下雨，外边不停地刮着风，我们坐在沙发上看电影，你收到一条短信，另一个爱慕者的来信，风雨里他说他正站在你的楼下等你给他开门，你给我念着，我笑了，我知道我的表情没有半点嘲弄，只是会意地笑了，有人这样爱着你，即便你讨厌他，可是他愿意为你站在那风雨里，即便这是多么烂俗的戏码，但生活就是这样，不经意间就复制着别人的人生，而他也沉醉在自己为你所付出的努力中，我当时想，他是真的爱你呢？还是爱着那个为你付出的自己？如果有一天他不再爱那个为你付出的自己，是不是就会离你而去？

离你而去，离你而去，你生活中的人总是这样残忍地对待你，他们让你背黑锅，他们利用你的善良，你曾经告诉我的时候，我和你一起对他们鄙视谩骂，而现在我成了他们的一分子。

你身边曾最爱的人都会离开你，你这样告诉过我。你说站在风雨里的那个家伙爱的是假想中的你，你跟他解释了好多次好多次，可他就是执迷不悟，你说他就是个傻子。我听了之后笑着说，我也是傻子啊。

在感情中总要有人扮演傻的一方吧？不是你傻就是我傻，以至于我后来才想到，人在江湖，贱不由己。也总要有一方犯贱才能让这段感情画上一个完美的句号，才能在世俗的眼光中被衬托得更像一段感情，或者说，真的爱过。因为后悔这种事情，神也无法免俗吧。

“我该如何回忆你，带着笑或是沉默。”每当我自己躺在床上辗转于夜色中时就会想起你，想起我曾经把你丢在时间的某个角落，那时我对你发脾气，我们因为超市的一个塑料袋问题吵起来，我说再多买一个就好了，你说已经足够了，可走着走着，东西还是撒了一地，我生气地说，看吧，刚才怎么说的，多买一个不就行了吗？你也生气地对我说，不要我管。一个人蹲在地上捡起那些散落四处的小东西，而我却气愤地转过身去，觉得你不可理喻，可那个瞬间我又感觉到我身后的你是多么惹人疼爱啊，你固执地在那儿捡东西，我知道你不过是在为我评论前女友照片的事情生气而已。你就默默地蹲在那儿，周围的人都看着你，而你旁若无人地把所有东西都一点一点放进塑料袋里，就像你把破碎的心一点一点地再次粘了起来。

原来我竟然做过这么残忍这么恶劣的事情啊，每当想到这儿我都无法再想下去，无法面对自己，我试图分裂自己去极力否定那个坏的我，可你说，人格这种东西对我来说简直就是塞在钱包里的名片，随时就能脱手而出。直到现在，我还时常会想起那件事和那时的自己。

你曾说我身上有着特别吸引女孩子的特点，而我自己浑然不知，我把我所有的优点都说了一遍，你总是摇头否定，你说你是永远不会告诉我的，那样就不会让我利用那个优点去骗别的女孩子，你说这话的时候，你脸上的每个细微的动作都透露着你满满的爱意，说完你就一个轻盈地转身，嘴里哼着小曲，那时候的你真美。

我到现在依然不知道那个优点是什么，我也希望自己永远不知道，那样我就不会再去害别人了，对吧？！经常在情感类的书里看到“恋爱的男人就是孩子”这句话，像我这样的傻子似乎更显得极品一些，我自己都觉得自己任性的时候比较奇葩，往往都是不看时候，在最不应该任性的时候偏偏和你作对，似乎就是一种无法控制的倾向性，我比你更讨厌我自己，就像在大学那会儿面对浪费时间的自己总是想结束自己的生命。

可你才是那个有勇气的人，如果你想去死，没有人会阻挡得了你，我清楚这点，因为你曾承受了太多的痛苦，现在依然如是。你曾望着我的脸说，之前的那个我没有再回来，已经被我杀死了，每当我来到你身边你就会深情地望着我，对我说，还是没有回来，再让我仔细看看，嗯，还是没有回来。而我却只是仓促说道，回来了啊，现在不就在你眼前吗？那时我真的不懂你说的是什么，现在我才知道，那时曾经你爱的那个我确实没有回到你身边，但你却一直在等，用生命在等，在等我来爱你，全心全意。

其实在我的潜意识里一直隐约觉得自己没有准备好，过去我放不下，那些曾经伤害过我的女人早就透支了我对爱的信仰，但我不能把这当作对你无法爱起来的借口，而我现在也只能这样去想，当时的那个我或许真的没有准备好。

我现在把曾经阻挡爱你的东西全部删除了，可我知道这还是不够，因为我能力不够，我无法承担一些责任和让我们走得更远的东西，那些我缺少的东西已经把我隔离出了你的世界。当我终于鼓起勇气去叩响你家门的时候，我的手在颤抖，我在想如果你第一时间看到我就关门，那我一定要提前用腿抵住那扇门，就算腿折了也要抵住，抵住那扇门就还有希望，就能再次抱着你吻你，我这么想着，可是开门的是个男人，是那个曾经站在风雨中的男人，他现在站在了你的房里，我站在了房外。

我尴尬地笑着，我想说祝你们幸福的，可还是什么都没说，我只是说我敲错了门，然后转身便走了，我想你在里面早就知道我来了，一定是的，我又做了傻事，又一次证明自己是个不折不扣的傻子。

你和他移民的那天我只是坐在自己家的阳台上，雾霭四起，我想澳洲的天空一定会是你想要的，那里有纯净的天，纯净的海，你适合那里，因为你有着纯净的心，即便很多人无法理解你，可我知道，你的心是那么纯净。还记得那次我们去吃火锅，我的白色T恤溅上了油渍，你让我不用担心，回到家你就拿出84消毒液帮我清洗，你仰着头看着我说，明天就会焕然一新啦。知道吗？当时你的笑容比84消毒液厉害多了，你正在稀释我心中的阴云。

可我心中的阴云最终泯灭了你的慵懒阳光。我是黑暗的。

你那晚在电话里对我说你想杀死那个纯净的自己的时候，我害怕了，可我却不知道该如何挽留那个你，在漫长的消耗中，我们在这个问题上一直没有进展，最后我实在熬不住了，对你说，要不就明天再聊，都凌晨四点了，但那晚过后就彻底失去了你的消息。直到我再次看见你新的照片才知道你不会那样做的，我看着站在海边的你的笑容我就知道。

我就是知道。

我在阳台上整理自己的信件，翻出一封很早之前写给朋友的信，当时朋友处于失恋中，我是这么告诉他的：爱一个人不是自私地占有她，而是给她想要的幸福，不是自己强加于她身上的所谓的幸福，如果她要的是自由，她要的是不再和自己有着半点关系，那离开她就是自己所能为她做的最后一件事，爱她就放手吧。送人玫瑰，手有余香。还她自由，手上留情。

前几天我把那份写好的遗书删掉了，上面的每个字都在嘲笑现在的我。删掉的瞬间忽然想起我们曾说好一起去阿姆斯特丹的，如今关于阿姆斯特丹的短篇小说一直放在某个文件夹里，那是我们的梦，我不忍心把它写出来，我觉得一旦写出来就是对我们那个梦的亵渎，因为我只剩下这个梦了，而你也最爱梦中的自己不是吗？不如就让关于阿姆斯特丹的秘密暂时保存起来吧，保存得再久一点，让我时刻在梦里回到艾瑟尔湖畔，顺着运河上错综复杂的桥梁回到你的耳蜗里，轻轻叩响你的耳膜，告诉你，我依然爱你。

在一起

猫某人

猫某人

上海最世文化发展有限公司签约作者

约稿约杂文吧，约剧的话约黑色喜剧吧。

已出版作品：《大梦》《荣耀谱》《骑誓 · 杀戮骑士的垂怜》《百乐门》

一

陈早最近觉得自己的头发掉得很厉害，洗个头就像下了一盆龙须面似的。她皱着眉头从脸盆里捞出乱蓬蓬的头发，拧床单一般在手里攥了攥，弯腰从昏暗的厕所里钻出来，就着外屋的灯光用毛巾来回搓。

“你插秧哪你？”方美羚捏着嗓子直叫唤，“满地都是头发，还冒着热气！恶心得一身鸡皮疙瘩。”

陈早没吭声，斜着眼角嗖嗖地从头发缝里投了两把匕首过去，火眼金睛地正扎在躺椅里的那坨方美羚上。方美羚正端着本租来的言情小说看得五迷三道的，左手两个手指按在油渍麻花的封面上，把女主角的脸遮了个严严实实——女主角边上本来是男主角一往情深的媚眼，这下全抛到她自己身上了。看到兴起时她连瓜子皮都吐不利索，一边甩头一边呸着还使劲跺脚，脚背被拖鞋边紧紧勒着，挤得赘肉横飞。

自从方美羚夹着行李找上门落了脚，陈早觉得自己的头发掉得厉害极了。

陈早最大的心愿就是不输只赢，世界和平。

具体来说就是天塌下来有比她高比她壮的人顶着，流血牺牲的事英雄们都扛下来，大呼小叫生离死别的事让演员们一口气演完了。她自己最好连话都不用说一句，只剩两根手指头就行——一个按左键，一个按右键，饿了的时候还能并在一起夹面条。

但天上既然不能掉馅饼，也就更别想羊肉泡馍。

她非常后悔暑假的时候和家里人说学校新粉刷了宿舍，本来饺子吃得好好的，结果惹得她妈大呼小叫：“要死啊，知道刚刷完的房子能要人命吧！三单元于老太太一家子体检血都是紫色的！真是要死啊……”——陈早的小脑袋被巴拉巴拉地活生生按进了胸口里，然后就随着她妈的呼吸吐纳顺势龟缩着滚走了。她爸一副习以为常的黑脸“吃饱了，收了吧”，一撂筷子。

“……敢情你俩当甩手大仙了哈？我这些年风湿关节炎我说什么了啊……”

陈早硬着头皮说：“妈，我不住宿舍了。你看住哪儿好，全听你的。”

结果新学期伊始，别人眉飞色舞地分享假期八卦、实习轶闻的时候，陈早却扛着行李敲开了一户和颤颤巍巍的房东太太一样颤颤巍巍的房子。她心里盘算，安贫乐道嘛，这样起码安稳日子有保障了。

不过，天上既然不能掉羊肉泡馍，就更加不该幻想鳗鱼比萨。

还没等她把水电表上的铁锈刮干净——也可以说她才刚找到水龙头和电插头在哪里，方美羚就以摧枯拉朽的姿态出现了——与其说她破门而入，不如说是那扇柔弱的房门自觉地闪开了，闪得梨花带雨的。

她们俩的故事源远流长。

从见方美羚第一眼起，陈早心里就一清二楚了：比起违反法律或者自然规律，忤逆方美羚的下场要惨烈得多。“报复罚陈早抄课文的老师”“给说陈早坏话的同学贴大字报”这些样板戏不用细说，举一个更家常的例子：陈早小学时，一个男孩因为抢她的冰棍被方美羚一路撵着打骂，直到现在他进了省武术队成了种子选手，只要看见两个女的在一块儿走路还是会习惯性抽筋。

所以公认的结论是：魔王方美羚在监护弱势群体陈早方面极具天分——虽然她高中只上了两个月，又在一个月内炒了她爸爸给她安排的实习护士职位。

再后来她就结了婚。

至此方美羚强烈的情感和博爱算是有了归宿。

陈早现在总泡在学校里，和方美羚打交道的机会也就越来越少了。但陈早还是一直发自内心地惦念她，虽然自己也没少沦为她欺凌的对象。

二

然而此时此刻，陈早攥着手里沾满黄锈的钢丝球，一边抹着脸上的水一边吃惊地看着站在眼前的方美羚：这个女的手里居然还拎着一个塞得脑满肠肥的行李包，抛下一句“我跟我老公掰了，先在你这儿住”就大摇大摆地走进了屋。

归宿？归个鬼的宿！

陈早瞬间觉得自己好像和手上的铁锈粘在了一起。

当晚陈早行将就木地向她妈汇报完英语六级成绩，挨了“要死啊将来找不着工作别指望我”的训斥，然后又不得不转身洗了方美羚搞出来的九个油腻的碗和盘子——方美羚高兴时会做异常丰盛的晚饭，但从来不收拾残局，她要赶着看八点档剧场。间或她老公打电话过来，方美羚都是冷嘲热讽、扯引咒骂，然后就挂电话。

陈早觉得这日子过得太旧社会了——旧社会还时不时革新革命呢，那些热血好汉你们倒是出来啊！

她的心情真是坏到了极致。

而且这个极致暂时没有结束的意思。

陈早把满腹怨气化作了力气，“吭哧”一声坐进售票处的椅子里。

而在二胡油的眼里，这个小丫头正在冲他甩脸色——他心底说教的气焰熊熊燃烧起来了：

“学校一年到头就知道给他们花钱，花钱，今天先折个椅子腿儿，明天这帮小崽子就能把房顶掀了。”

……

“……明天就能把房顶掀了！”

……

“可怜我——儿孙满堂——却落得……”

二胡油见陈早充耳不闻，只好一甩手里的苍蝇拍，嗓子里哼唧着他的唱词回值班室了。

校礼堂电影售票处是值日学生们的必争之地。所以，“坐在空调屋里撕电影票”能轮到陈早头上纯属意外：先是两个正式党员在辅导员面前“你追我赶”地跳进下水道，从此肩负起了捡拾塑料袋的重任。并且很快地，其他人也从售票处这块福地“争先恐后”地下岗了。

这要归功于二胡油。

紧挨着电影放映厅是教职工的戏院，时常会贴个不起眼的小海报“××老年业余剧团到此献演”什么的。但二胡油会把这种演出奉若经典——那是神圣而不可亵渎的，他恨不得挥舞着手里的苍蝇拍，把隔壁看商业大片的学生都轰回春秋战国对着孔子磕头去。最后，他把售票处的值日生定为了主要战斗对象，唠叨刁难、横挑竖刺、指桑骂槐……一天就能撵走两三个。

但二胡油这两天战绩不佳，他自己也很纳闷：新换来的这个学生脾气好到出奇。并且电影开场以后，她都会把窗口前的票根清理掉——干净到连一根头发都不剩。

这就要归功于陈早了。

“二胡油”这个绰号是陈早给起的，关于这个老头儿她只知道两点：一是每天晚上他老伴都会来给他送饭，油老太一边把那个绿底红花的保温杯掀开，一边骂二胡油“快吃！这破戏听能听出饭来啊”。二胡油会嘀嘀咕咕着大吃韭菜饺子——这个恶习和方美羚如出一辙；二是只要他嘴里没嚼着韭菜饺子，就会哼哼唧唧地唱起大戏来，声音听着像某种缺了油的拉弦乐器——民族乐器里陈早只知道个二胡，所以就管他叫二胡油。至于这个老头儿是不是很尖酸刻薄，她没什么感触——有方美羚在，其他的都是小场面了。

并且陈早隐约记得，周日那天她卖票卖得手忙脚乱的时候，二胡油在大厅里冲着混乱的人堆使劲挥舞着他的小苍蝇拍，骂的不是“小崽子们”，而是“小崽子们给我好好排队”。

求同存异嘛。

总之陈早还是非常满意执勤的，不光是难得的安定祥和，能沾光看几场大片、偷空抄抄笔记，这份活计还有很特殊的优势“某某跟某某买了今晚第一场的票原来他们暧昧久矣”“真玄妙，某某走了以后某某又和某某某碰头了”……这种一手资料累积到最后，比任何聚散离合绯闻八卦都翔实精彩得多。关键是既不用花钱买票，又不用担心挨骂，更别提收到侵犯隐私什么的传票。

这时她简直是这世界上最无忧无虑欢快的小市民。

几天下来，陈早撕票撕得越来越轻快利索了。

那些正副票之间断得非常光滑，一个锯齿都没有。

好像随便拿出几张都能对在一起似的。

三

陈早就这样忘我地、得过且过地沉浸在世界和平的美梦里，以至于执勤最后的那天早晨，一直小心翼翼的她也睡过了时间。

她一边使劲把脚后跟往鞋里塞，一边冲着电视机前敷面膜嗑瓜子，只穿着吊带睡裙却快翘出二郎腿来的方美羚使劲瞪了几眼：“今天房东可能会过来，你能稍微正常点吗？”

陈早心里接下来的台词还没念出来，方美羚就毫不犹豫地回答说：“哦，来过了，走了。”

陈早很想一屁股摔在门槛上，要知道，房东的妹妹的侄女就是负责她预备党员转正的德育测评员！

“我说你可快迟到了。”方美羚不耐烦地晃了晃手里的遥控器，“你以为她来干吗？她领着个发廊小哥儿来，除了给你添个合租室友还能干吗？不过正好，他们看见我，什么都没说就走了。”

直到坐进好几百人的教室里，陈早都感觉这世界突然和平得稍微有那么点不真实。最后她开始拼命劝自己天上确实能掉馅饼，掉羊肉泡馍，掉各种东西，方美羚这次算是做了件败絮其外的好事。

这时教室后排几个男生为了占座争执了起来。

“两分钟前我去方便了一下这座就变你的了？看你脸不大倒挺厚的啊！”

“这教室没五分钟都挤不出去，你哪儿方便的也忒方便了……”

但这回陈早没顾得上总结这是第几次对世界和平的失望了，她也没顾上看热闹。

她完全被刚收到的手机短信吸引住了：“叫方美羚赶紧从你那儿滚回来。”

北美奴隶制度是什么时候废除的？

谁来阐述一下揭竿起义的导火索？

中华人民共和国建立后第一部《宪法》第一条是什么内容？

陈早觉得讲台上那个老师就是在不遗余力地教唆她。

她感觉全身骨头连接的地方也都在磨磨叽叽地交头接耳。

陈早酝酿了半天底气，做出了一个异常豪迈的决定，在回复里打了一个“滚”字。她觉得在这个过程里，整个脑核一直在使劲搅动，像跳编花篮时扭在脚脖子上的那一股股皮筋一样，直到扯没了弹性最后被随手一扔。

她慌忙地想“还是换一句更含蓄的好吧”，可还没来得及按下清除键时，天上就真的掉东西了——不过不是馅饼。

后排激烈的肉搏战把课本打得飞成了一道流畅凛冽的曲线，正拍在她后脖颈上。

陈早拿着电话，耐着性子从1乘1背到了256乘256，才止住了她妈妈“要死啊！好不容易上到大学你再给我变成白痴！赶紧去医院”的号叫声。

她一边朝礼堂走一边胡思乱想，刚才要是换成方美羚的话，现在估计会变成那几个男生躺在地上哭叫“要死啊……送我去医院”了。

想到方美羚，陈早也就光电石火般想起了她老公发来的那条短信。她急忙查了发件箱，才发现自己真的、居然、没修改就把那个“滚”字回复出去了。

陈早的脸瞬间变得和后脖颈上的瘀青一个颜色。

二胡油看见陈早龇牙咧嘴地揉着脑袋走过来的时候，正听着《宝莲灯》选段吃饺子吃得高兴，甚至连闭嘴掩饰的时间都没有。他就这么含着那大半个饺子，一路目送着陈早走进斜对面的办公室拿了书包，然后又迎面朝着自己走过来。

她递给二胡油一把剥好的大蒜。

陈早记得方美羚就是这么吃的，并且还假装无视她鄙夷的眼神，炫耀说这可是想当年在医院当白衣天使的时候学来的，是养生保健云云。陈早前两天执勤的很多“间隙”里看的励志、温情类的美国小说撺掇着她“世界和平要靠与人为善”。

不过这时她觉得小说就是小说，照着学果然非常蹩脚，她本来也不是这块料。

况且表演的道具也这么蹩脚。

二胡油盯着那几个白灿琉璃的蒜瓣愣了好半天，最后指着手里的保温杯前言不搭后语地说：“要不你也尝尝？这倒是清真的……”

四

陈早靠着公车站牌，想起二胡油放下他手里的小苍蝇拍以后结巴了的语气，还有那山羊胡上羞赧起舞的韭菜叶时，直笑得腮帮子疼。

街道路灯和迎街橱窗的光亮在小巴模糊的窗玻璃上迅速地流转倒

退，空气里混合着市坊间真实的喘息声，从汽车的窗户缝一股一股钻进来。

原来二胡油整天听的那些唱戏的磁带，都是油老太当年表演过的段子。真看不出那个神神道道尖酸刻薄的油老太当年也是红得发紫的台柱子，现在看着简直跟……跟……跟我妈一样。

油老太估计也时不时在家给二胡油颤颤巍巍唱上一出吧——这简直就是压箱底的锦绣唱本儿里，花团锦簇戏园子里演的那些才子佳人的……老年版嘛。

再看看方美羚。

指望方美羚能趴在人耳朵边上讲些什么细水伶仃出来？陈早靠在椅背上，撇着嘴想起方美羚一惊一乍地跟她讲“我第一次值夜班，值班室里就停了一个电死的，你知道吗？那整个抽搐得……跟生鸡肝一个色儿！谁爱做护士谁就去做吧！老娘可受够了”。

陈早觉得自己离从夹缝中爬出来那天还遥遥无期。

哪怕天上掉个韭菜合子下来也好啊。

还没等陈早苦笑的嘴角伸展开，她就毫无准备地重重向后磕在了座位靠背上，整辆车踩着一道尖利的刹车朝右侧冲去，紧接着又一声吱吱嘎嘎的剐蹭声响过。等陈早缓过神来的时候，她已经连抽冷气和咒骂的底气都没有了：这辆小巴被非常瓷实地夹在两辆她概念中的“大货车”间，右边卡车的集装箱上印着 FOB；左边那辆她认得，是蓝色的液化气罐。

陈早感觉从头皮到脚趾一阵阵发涩。

陈早一路云山雾罩、哆哆嗦嗦地摸回出租房时，第一眼看到的不是方美羚的面膜脸和“哟，活着回来啦”的讽刺挖苦，而是她和她丈夫剑拔弩张的对峙正逢断弦的瞬间。

方美羚刚运好了气准备号叫。

方美羚的丈夫也不是文艺青年，他抄起一个塑料杯，想了想又换了一个玻璃的使劲摔在了地上。

“闭嘴！”

陈早站在门口动弹不得。

这些她一早盼着让马景涛他们演绝了的戏码却像引子一样，瞬间点着了她的眼泪，刺刺啦啦地弥漫了起来。

这时候陈早的手机锦上添花地响了起来。

她使劲憋住了哽咽的气息，按了接听键。

“学校保卫处，陈早速回校配合犯罪调查。”

当方美羚险些揪住办公室那些保安的衣领、把他们踩到脚底下时，扒着椅子扶手吓蒙了的陈早终于听明白了缘由：礼堂今晚丢了两组音响。

她战战兢兢地对着保卫处长说：“我走的时候，老师那边还有二胡油在值班。”

“二胡油是谁？”

“……就是负责职工剧院的那个老师。”陈早瞬间短路后，感觉自己的脖子在隐隐地疼。

“他一个小时前刚被家属送进医院。”

五

陈早并没有想到，十二个小时之后明晃晃的太阳地里，她还会和方美羚挽着胳膊和普通睡足了出来闲逛的行人看起来没什么两样。

偷了音响的那几个嫌疑人居然跑去和学校只隔了一条马路的音像店销赃……陈早已经说不出，组成她世界的物质中，到底是什么成分的含量更胜一筹了。

她觉得自己确实就像“陈早”这两个铅字一样，被噼噼啪啪编排个不停；最要命的是，她还在不断为自己增加着莫名其妙的戏份。

被方美羚揪进内科外科耳鼻喉专科检查了个遍以后，陈早终于得空坐在医院门口的花坛边上晒太阳了。

紫外线化作白茫茫的阳光，无辜得像首摇篮曲。

这时，陈早看到了一个熟悉的物件。

她紧走几步叫住了那个端着绿地红花保温杯的油老太。油老太迅速地打量了一番陈早，明确了她既不是熟人也不像贵人后不耐烦地说：“神经病啊！”

她踮着小脚走了没几步，又回头看了看陈早嗫嗫嚅嚅的样子，可怜得像个地主家打杂洗衣服的小丫鬟。

她抱紧了保温杯扭头走开，迅速而低沉地说了一句：“神经病。”

方美羚掂着大包小包有的没的的药从药房出来，刚要对着陈早大呼小叫，却看到陈早霍地一下站了起来，气贯丹田似的架势。

“回光返照啊你。”方美羚撇嘴。

“你回家吧。”陈早说，“闹够了就赶紧滚回去！”

方美羚一愣，她从来没见过陈早这副石破天惊的嘴脸，刚想骂还没吃药呢你就大着胆子中什么邪。

陈早伸手拽住了方美羚的袖子。

六

陈早最大的愿望就是不输只赢，世界和平。

她从来也不会抛弃良心去迷上自己水里的倒影，赞叹什么“美容止”“落鱼雁”的台词。

当然更不会因为梦见蝴蝶而苦恼到底是谁梦见了谁，然后蹉跎地郁郁寡欢下去。

她记得方美羚也是做过一些像舞台剧似的桥段的，她在她女儿三岁的时候，从铁皮饼干盒里把当年和她老公看电影时攒下的那些连号的电影票倒出来，教她单词说这叫“together”，虽然半调子混着俄语味的发音实在不怎么样，最后还恼羞成怒“笨得要死将来找什么工作啊”。

陈早拽住方美羚的胳膊，说：“妈，回家吧。”

思　无邪

林壁炫

林壁炫

上海最世文化发展有限公司签约作者

一个华籍美人，文坛小可爱，翘臀大厨。

已发表作品：《福海同枝》《出埃及记》《木本纪》

我喜欢你。自你带我第一次飞翔时起。

心理课上老师要我们交上我们的人生目标，然后随意拿起一些来念读，有人写得中规中矩，读书工作建立家庭。有人写得天马行空，好似在记录昨夜荒谬的梦。直至念出一张，纸上记录简单：我想成为梁哲夫。

梁哲夫坐在靠后的座位上与全班同学投来的注目礼一同惊诧。

有谁的理想如此低廉又匮乏，只想成为梁哲夫这样的家伙。

梁哲夫，身高不高，体重不重。学校排球队，却只是替补。成绩不好不坏，要看有没有在努力。偶尔会被人喜欢，但在人群中也会很快被淹没。生性活泼好相处，大家的评价是，他人还不错。

找不到哪一点能够卓越到成为另一个人的目标。

除了我，其他人都没有察觉过梁哲夫其实懂得飞翔。

我喜欢学校的冲印室，摄影给我带来安全感，洞悉世态又可以将自己置身于世界之外。然后躲在阴暗处慢慢看一个世界成型。那天午休我无意看到了教务主任在办公室训斥一个女生，他在逼那个女生承认错误，女生却只是一味地哭。教务主任没了耐性，抓起烟缸敲了敲女生。

“啪”——“咔嚓”两声同时响起。教务主任发现门口有人，追赶出来。我沿着墙角跑，直到到了校园尽头无路可去。这个死角堆放了很多旧桌椅。有人拉住我，躲进桌椅掩盖下凹进去的墙角。墙角很窄，两个人的心跳声混作一起，快的是我，慢的是他。

我跟梁哲夫说谢谢，他说他只是不想自己偷抽烟被发现。他这个人很奇怪，外表一副很热情的样子，但其实对谁的事情都不关心。

也可能是神经大条还是过于懒惰，他连我为什么会被教务主任追打都不过问。

反倒是我兴奋得想要与他分享一个秘密。第二天我又跑到原处去，给他看洗出来的相片。照片里女生的长发刚好盖住了她的脸，而教务主任抄起烟缸那一瞬间的凶神恶煞却放大了几十倍。梁哲夫拿着相片从旧课桌上蹦下来，嚷着你好厉害。

我与人分享的目的达到就想收手，梁哲夫却坚决要儆恶除奸。两周后的全校早会，教务主任在升旗台上絮叨无聊的规章制度，讲完后沉默许久，也不见他喊解散。随后所有人都不敢相信——教务主任扭着屁股唱起了《小星星》。我在呆默的人群里听到梁哲夫轻细的笑声，我回头，他正得意地看着我。若算他惩了恶，在他的表情里也看不到善。他勾起的嘴角点燃了导火索，随后引爆了整个学校的哄堂大笑。

在绵延的笑声里我和他是仅存的沉默，沉默于不可告人。我们的交情从这一个秘密开始，然后引渡到另一个秘密那里去。

“我都没想到他那么孬，稍微威胁一下就就范了。”梁哲夫站在旧课椅上，“他愣着不说话的时候我都好紧张，不知道自己能不能得逞。”我坐在一旁要拍下他那副自鸣得意的嘴脸，他没有抬手来挡住自己，反倒张开双手做出飞翔的动作。羽翼撑开遮天蔽日，光线钻过他翅膀的缝隙途经镜头砸进瞳孔，让我瞬间盲了眼。

他在我面前露出耀眼的真身。

我相信这个世界上有懂得飞翔的人，他们藏起翅膀直立行走，可是总有一些瞬间泄露了吉光片羽。可能是弹奏时，那声音让你犹疑这无法源自双手。可能是竞赛上的某次奔跑，那速度让你以为是在御风而行。或者一个笑容的弧度，或者只是走路的姿势，都让你发觉那些人的与众不同。

而梁哲夫的翅膀藏在他的眼睛里，当他决意要与世界对抗时，眼睛里就亮起灭世的光。

他不在我面前掩藏，与我结盟，拉着没有羽翼的我，一齐飞翔。

我们要捉弄那个严厉到毫无人道的英语老师，前一天只因为我们背不出课文就要我们抄写五十遍。第二天只有我一个人没交，他在课上对我指责谩骂，我站在教室后面不言语，等到高潮来时我便上演中邪的戏法。我翻着白眼瘫软地上，艰难地喘气。

我都被自己的演技惊讶，更别提同学和刚刚还在趾高气扬的老师，他们此刻完全乱了方寸。我好像画皮人间的怪物，在众人面前现了原形。我都不知自己带着几分真实，身体里好似有另一个在封锁的自己即将挣脱，所以我也更无法分清，当梁哲夫冲出来紧抱住我的力道和姿势，他对着老师吼着说他心脏有问题你不能这么刺激他的分贝和表情，有没有那么一点不是作秀而是真心。

心脏病？见鬼去吧，我初中时候还拿过运动会短跑冠军。

梁哲夫背着我冲出教室，我假想自己奔于云端。我们躺在操场上，下午三点的阳光渗过眼皮将世界毁作一片晃动的红，好似潮汐侵袭而来，将我沉没。

红色突然变成黑色的阴影，我睁眼看见梁哲夫俯身对我的笑脸。那样的角度仍旧是张着翅膀凌驾于我的上空，将我从深水里打捞而起。他夸赞我的演技精湛，我本想脱口而出，如果我真的是怪物，你会不会毫无悬念站在我这一边。可是到了嘴边，还是变成了，你的咆哮派表演法也不赖。

他突然问我家里是不是开琴行，要我教他弹吉他。我拒绝。他又央求了我好几次，我都摇头。最后他站起来，对我说，我们来比赛，如果我先跑到小卖部你就得答应教我。

我撇了一下嘴角，一个厌恶规则的人却那么喜欢定规则，却不去想我哪里有必须答应的前提。但我仍旧站起身，和他走到了起跑线。我们蹲下，弓着身体，他转头朝我笑，预备，跑。我们并驾齐驱地跑，可是不到一半我就放慢了速度。我与梁哲夫拉开距离，我落在后面，看着他在日光下晃动的肩背，想象他藏起来的翅膀，会不会突然张开。

到了小卖部，看到他对着我嘿嘿地笑，和整蛊完教务主任时同样的嘴脸。我知道，如果我奋力追起将他超赶，到最后，赢的仍旧不会是我。因为在他将我打捞而起的那一刻，我得救了，同时我也被封印了。

有过这样一个传说，年轻的驱魔人经常到深山里收服一些妖怪成为自己的手下。那些原本自由的法力高强的妖怪，从此只能居住在驱魔人薄窄的符咒里，当它们被召唤的时候，第一时间冲出来效尽犬马之劳。而在没被召唤的长长的时光里，只能独自蜷在那黑暗逼仄之中。

而我的寂寞，便是于孤独中等待被你召唤的心啊。

梁哲夫拉着我翻过学校的墙，逃课陪他去挑选吉他。那是我第一次去翻越那么高的墙，沿着墙顶行走时，是从未有过的如同被天空包裹的感觉，纵身一跳时，有隆隆长风钻进耳朵。

下午时候的公交车乘客稀少，我和梁哲夫坐在最后一排。车身前进景物置换，漏进车内的阳光不断摇晃，好像一群振翅的白色蝴蝶，飞满整个车厢。

梁哲夫在看路上旅行社派发的传单，广告多诱人，乞力马扎罗逐渐消融的积雪，马尔代夫将要沉没的岛屿。将到尽数更显珍贵，现在不拥有便再无机会。梁哲夫跟我说，真想要趁着它们还在去看一看。我转头看他，那些蝴蝶扑着翅膀在他的睫毛上短暂停留后又立刻飞走，哪有那么多失去来得及挽留。

车上终于只剩我们两个乘客，即使窗外景色单调寥落，我竟心生让这辆车永远开下去的愿望，直到开到荒芜寂寒的世界尽头。

看不到海啸，能看到你的微笑；不曾感受极光，却感受你的目光。

你成了我唯一的稀世景色。

汽车泊进终点站，那满车翩跹的白蝴蝶顿时栖息，又在阴影里遁了踪迹。梁哲夫提醒我该下车了。中转站车来车往，人潮拥挤，嘈杂得我无法站立。

往后的每周六下午，梁哲夫都会跑到我家里学习吉他。他确实毫无天赋，却学得极其认真。我知道当中必有沉重的缘由，将一个习惯飞翔的人押回陆地，蹒跚学步。

自此之后我再也没有见过梁哲夫飞翔，他自甘成为一个双脚走路的人。

他仍旧能迅疾地奔走于大地间，带领我去看他心中的世界。我们翻过实验楼的墙，在化学室里调出一束蓝色的烟火；我们翻过游乐园的高墙，去独享午夜打烊后空旷的欢愉；我们翻过机关大院的高墙，去求索“禁止进入”后面诱人的秘密；我们翻过火车站的铁网墙，跟着列车沿着铁轨假想一个遥远的地方。

我们翻过一面面的墙，梁哲夫跑在前面，我跟在他身后。那些藩篱好比我生命中的一道道阻隔，等我去攻克。墙后面的才是属于我的世界。

每当我们被发现，就死命奔跑，世界晃成光谱和色泽，只剩下奔跑的感觉清晰无二。耳际的风挂在我们身上，将我们圈捆成一面猎猎的旗帜。

可是当我们气喘吁吁地瘫坐在地上时，我总觉得有哪个地方出了差错。

梁哲夫在夏天的时候跟我亮了底牌，他学习吉他的原因，是因为喜欢上了吉他社的某个女生。他希望在放假前的演出时，为她唱响心中的歌。

其实这毫无悬念，也稀松平常。他叫我帮他挑选歌曲，挑来拣去，我说你干吗不自己写一首。被召唤出来的妖怪刻意加大了任务的难度，好让自己不用那么快被困回那孤寂的符咒里。

“说是寂寞的秋的清愁，说是辽远的海的相思。假如有人问我的烦忧，我不敢说出你的名字。

“我不敢说出你的名字，假如有人问我的烦忧。说是辽远的海的相思，说是寂寞的秋的清愁。”

我在梁哲夫面前唱起我帮他作的歌曲，我低头拨动琴弦，但我能感觉到他此刻对我惊诧地注视。那目光直白光透，是看到神迹时那般时的目光。我知道，这是唯一一次，是我带着他飞翔，我带着他徜徉云端。

可是当我抬头看他时，他已经闭着眼睛自由翱翔。他随我到天上，但是我们并没有在同一片天空里。歌曲里藏有我多少一唱三叹的倾诉他听不到，他只知抓住这音符飘浮空中。我没有试图让他听懂我的密码。

因为这狸猫换太子的拙劣戏法，已经费尽我所有气力。

梁哲夫冲到我身边将我抱紧，说我爱死你啦，如果你是女孩子我就追你啦！我说如果我是女孩子我才不会喜欢你。

——因为去掉“如果”这个假设，命题已经成立。

从那一刻便开始。

那一天梁哲夫让教导主任颜面尽失，下了晚自修他便拉着我要到马路对面的小酒馆庆贺。赶上红绿灯的交接，如果平时我会停下来等下一轮的绿灯。可是就在那时，梁哲夫突然拽着我的手，冲到了马路中央，汽车成排亮着灯朝我们齐发开来。那一瞬的万丈光华和带着以生命为赌注的刺激一起倾泻而来。梁哲夫回头朝我笑，所有光芒就跑进了他的眼睛里——那种灭世的光亮。

在我走过无数次的某个十字路口，梁哲夫撑开他的羽翼，带着我第一次飞行。

这其中必定出现了差错。当梁哲夫离开后我一遍遍回忆我喜欢上他的那一瞬间，才悲伤地发现，原来从最开始，便是一场交错的误会。

梁哲夫的飞翔源自于他渴求与整个世界对立，他藏匿于安全地带，想着如何叫嚣对抗，然后他遇见我，他以为我是同类，于是与我结盟。

然而我不是，我躲在阴暗处对这个世界窥探细敏又卑微，我从不是想要与之对立，我只是为了将自己与这个世界装扮得无相异样。

心理课上，有人写了“我想成为梁哲夫。”

那个人是我。

如果我是梁哲夫，喜欢可以喜欢的人，愿望是能和她一起度过十七岁的夏天，我的所有心思可以曝于日光之下无人惊诧，因为这足够平凡。我每一天都是想如何与世界宣战，这又足够桀骜。而不是如何向世界隐藏，直到对自己都是欺瞒。

如果我的生活能似你的一般正常简单。

如果我的内心能似你的一般磊落勇敢。

梁哲夫要我晚自修时一起去看江边举行的烟花大会。我跟在他身后，看着他爬上那堵墙，然后跳下去，消失在我的眼界里。我盯着那堵墙发呆，听到他隔着墙催促我快点。

烟花大会已经开始，我只能听到乱哄哄的炸响声。穿过那堵墙，我便能和梁哲夫一起去看纷呈的世界。

那是属于梁哲夫的尘世。我痴心能够与他分享。

可是我终于知道，那墙后的世界如何缤纷，它并不属于我。

那不是我的世界。从前的所有，是我给自己施了障眼法。

“喂。你动作快点儿。”

“喂。发生什么事儿了？”

“喂。”

——我要离开你。

我转过身，扑进眼前厚暗的暮色里，背后的梁哲夫，以及他喧嚣的世界，越来越远。

我想知道思念会有多长。

假期时我一人出行，坐上长途客车，沿着蜿蜒的海岸线，从邻市到邻市的邻市，一站一站。我背着包汗津津地行走在陌生城市的街道，我在高速路上单调的风景里昏昏睡着。我站在漆黑无人的海岸边大声呼叫，我把明信片寄给了五花八门的门牌号。

我还把沿途遇见的风景收进了胶卷里，但我没有把它们洗出来，而是藏于黑暗的盒子里。就好像妖怪们藏在驱魔人的符咒里那样。一路上，胶卷盒越来越多。但是我此刻还无法将它们召唤。

因为我还困于你的封印之中。

我在陌生街道总会期待转角就能偶然撞到你眼角的痣；车上不经意的浅眠我会趁机虚梦你在我的身侧。夜晚的海浪能听到我忍不住叫出你的名字；明信片上其实我最想写下你的地址。

梁哲夫好似这海岸线，不只随我同行，还在前方等我。我想知道我的思念有多长，是不是得走到世界的尽头。这是我第二次想到世界尽头的概念，上一次是企图与梁哲夫一同抵达。这一回，竟然是为了遗忘。

会不会，直到世界尽头，那灯塔上梁哲夫其实早已伫立在上头。

我带着我九死一生的心事向前走。直到有一天，我走在堤岸之上，当我刚抬起脚再向前迈出一步时，嵌在脑海里的梁哲夫的模样突然像天线信号不好般模糊起来，随后是雪花刺刺干扰。世界尽头还在遥不可及的地方，而忘却竟在此时就潜伏而来。

我躺在了堤岸上，闭眼后涌动的红色和海浪声再次将我沉没。这一次，没有人来打捞我。但我的悲伤不是源自无人拯救——而是，原来我的喜欢，并没有比地球庞大没有比时间坚固。在我跨出旅途的第七万八千六百三十三步之际，它溃不成军。

我知道了我的思念的总长。以我们相遇的城市为起点，以我此刻的影子为终点，全长一千二百四十五公里。我只要再往前跨出一步，那旅途就和梁哲夫再无关联。

于是我往回走，找了一家照相馆洗出了所有的照片。那些因为梁哲夫才出现，却和他毫无交集的风景。

可能是相机出了问题，每一张照片上都出现了一个白色斑点。让我想起我和梁哲夫一起时遇见的那些白色蝴蝶。它们原来一直隐藏在我身边，伴在我的旅途中。我把那些照片摊开，好似把世界筑成一个巨大的蛹，那些白蝴蝶，异地同时地破蛹而出。

照片上宁和完好的世界被光凿破，却收获了最美丽的蝴蝶。

它们是不是我体外的灵魂。

原本我以为这趟旅程是为了遗忘。此时我才恍悟这其实是为了寻找。我的灵魂和躯壳原本天各一方。缘因这场灭顶的喜欢，它们跋山涉水而来，与我并肩找寻拼凑，遗失的，破碎的，却因此变得旖旎的，属于我的世界。

那些法力无边的妖怪，之所以愿意臣服于年轻的驱魔人，并不是因为驱魔人比他们更加高强。而是，他们在深山中居住了几千年几万年，只有依靠那个驱魔人，他们才能到红尘人间看一看啊。

用千万年的道行，交换一场游历。

“总得有那么一个坏人，把我们诱骗到这花花世界当中，人生才真正开始啊。”

我突然迫切想要回去，回去找梁哲夫，给他看我旅途上，那些炫目的白蝴蝶。

亲爱的。我忘记你，为的是将你重新记起。

翠绿的静音

疏星

疏星

上海最世文化发展有限公司签约作者

对我来说，每天噼里啪啦地敲击键盘，才是人生赢家。

已出版作品：《把耳朵捂住》《我也曾为你翻山越岭》《相爱的人要相爱》《公主别醒来》

好像所有如出一辙却不大相同的故事，像那些不伤感却也无法欢喜的结局。只一个流光的剪影，一句平淡的告别，哽咽了无法传递的言语。

起伏在山谷里的翠绿，连绵成无法破坏的庞然寂静。

一

初中快结束的时候，我被好友们拉去看外校男生的篮球赛。如果“认识”这个词可以单方面解释，那么，在那个半阴半晴的五月天，我认识了L。

他穿13号球衣，他们说13是他最喜欢的数字。他有着浅黄的头发和清瘦的身影，是全场打得最卖力的球员，也是好友们口里“长相有点好看”，在附近几个学校里有头有脸的人物。

当时的场景如果截取下来，人群里的自己也许可以作为模糊边框中的一抹淡彩，隐去就隐去了。L却一直清晰在大家的记忆里。

至少清晰在我那些支离破碎的，甚至无法构成回忆的记忆里。

这样的开头让我以为我们之间像所有单恋未遂的故事一样，L对我来说永远只是个倾慕的对象，他活在我无法企及的世界里。我明白一定有千千万万个像我一样的仰慕者，把对某人的执恋封缄于心中锈蚀的铁盒，直到变质的那一天。

我把自己定位在一个无限卑微的位置，是奢望结局能比想象中好承受一些，失望能少一些。以便在故事的最终回，可以释然地说出“早知道会是这样啊”这样的语句来。

也许这样的脚本实在是没有缀连成章的必要。只是意外地，在一个月后的中考，超常发挥的我竟和他考上了同一所重点高中。

我在网上的分班名单里看到L的名字，他在十班，我在十一班——对我来说恰到好处的距离。

那一季的雨水蓄满宽阔的湖面，堤岸上的沙石在日光下闪烁成一片。

那个十五岁的夏天。

二

我们相互认识之前，L仍扮演他的风云人物，他的篮球越打越好，人气也相应地升高。有时经过他们班，会看见一些外班的女生聚在一起，朝他的位子指指点点，窃窃地说着什么。

因为在一个年级，多多少少有碰面的机会，于是我对L的了解比仅停留在表层而更深刻了些：他总是在历史课睡觉，然后被老师拽到走廊上罚站；他吃饭的速度很慢，经常是一桌子朋友都散了，只剩他一个人在慢慢地喝汤；他习惯站在电车上，即使车厢里空座位很多。

甚至连他的手机号码，也在辗转中得到了。

也在节日的时候发过祝福的短信给他，他生日时寄过匿名的贺卡——从一个学校的十一班寄到十班，想来都是些可笑的桥段，都是些无关痛痒的，比流水还容易逝去的，单薄岁月。

L 腿骨折的那个雨天，我在校门口遇见了他。我看见他被朋友们搀扶着，步履缓慢。

听说是打球的时候受的伤，打了石膏，至少要两个月才能恢复。我很快地走过他身边，尽量不让眼神停留在他身上，因为我知道在自己无比窘迫的时候，被别人或同情或好奇的眼神笼罩，会在无形中加重自身的窘迫。

只是绕到他们视线无法到达的地方，我看着 L 远离自己。然后像所有不值一提的往昔一样，我按下了“早日康复”的短信息。

我甚至一度有过可以用“阴暗”形容的想法。

一样是雨天的场景，一样是拄着拐杖的 L，只是他的朋友们都不在身边——大雨里独立着被整个世界遗弃的 L。

然后我走进他的场景，搀扶着他，或者为他撑一把伞。

镜头里是溃烂一地的红色花泥和易碎的雨花缀连起的、渐行渐远的长路。

总想为受伤的 L 做些什么。

不应该一直这样静默在他身后，不应该因为心存顾忌就怯于接近他，也不一定是非要和他熟识的人才能为他撑一把伞——只要是自己真心期许的，一定能够以一个陌生人的身份，在不经意地靠近他身边时，为他做些什么。

于是不知道是怎么就坚定下来的念头，意念像水流一样撞击肢体里每一个关节，让迈着缓慢步子跟在 L 身后的我加快了步伐，穿过丛林般的人群，就这么来到了 L 的身旁——却不知道怎么把脚步缓下来，慌乱的我在不觉中就走到了 L 前面。

前面是食堂门前下垂的门帘，后面回响着拐杖敲击地面的轻响。

应该是无形中的一股力量，让我上前将门帘拢起，自己再靠到一边——就这样为 L 留出一条狭长的通道。

——只是一个陌生人的举手之劳。

但我清楚地记得，L 在经过那个门口后回过头，对我言谢。

——只是礼节性的感激。

——对他来说是记忆中最容易删去的片段，但我却记了很久。

三

和 L 真正地“认识”，是高二分科之后。原本以为文理分了科，我们相遇的机会会少很多。直到那一天的大课间，好友带着一些人来找我，其中就包括 L。

大家随意寒暄几句就熟络起来。好友拉着我向大家介绍：“她就是我说的特别会写东西的晓寒啦。”

我看见 L 对我微笑，他说：“晓寒你好，我是 L。”

接着好友把我拉到一边，在我耳边说了些什么。余光里我看见有些害羞的 L 低着头不说话，倒是他那群死党一直在没心没肺地起哄。

原来是这样——

L 喜欢我们班的班花，希望我帮他写封情书，他想在明天的篮球赛结束后，亲手递给她。L 说他已经喜欢她很久了，有很多话一直想亲口对她说，却不知道从什么地方说起。L 说晓寒也许你不是很明白，她对我是多么重要。

其实我明白的。

我明白默默地注视一个人，关心一个人是什么感觉。

我明白把一份感情放在心里，长久长久地下去，需要多少坚持。

我明白，那些你想对她说却又说不出的话，我都明白。

所以让我来写这封情书，是再适合不过的了。

那个晚上我花了很长时间，去回想这两年来有关 L 的一切，却对着白纸一个字也写不出来。

怎么样去开头，才显得不矫情。

怎么样去渲染，才不会太俗套。

怎么样去告白，才有被对方接受的可能。

我知道这也许是我唯一的机会，来告白自己的情感。再也不会有这样的韶华，甘愿烙成一枚无效的邮戳，去投递这样一份轻薄的无望。

可是为什么，在已过去的年岁里，我连和你四目相对的勇气都没有。我不断地逃避有你的场景，却又忍不住去关心你生命里的微小起伏。

我为什么如此惧怕你，是怕灼伤了自己，还是怕你无声地离开我的世界。

那么就看看我好不容易鼓起的勇气，和长久以来累积对你的情感，有没有打动人心的力量。

四

学校的各项球赛恰在这一季进行得热火朝天。放学后晚自习前的球场上聚满了围观的人群。

记得有一场被冠以“篮球全明星”的比赛，醒目的巨幅广告上齐刷刷地印着当时风靡校园的风云人物的名字。当然也包括L。不过这并不是一场单纯的“全明星”赛事，据说会根据这一场比赛的表现，决定部分参与决赛球员的名单。

所以这是L十分看重的，也十分卖力去打的一场比赛。

却因为太看重，太卖力去完成一件事，紊乱了心绪，过于激进的打法反倒没有稳扎稳打时的效果。渐渐地，L的手感越来越差，好几次都上篮未遂，两个罚篮也没有进，远距离的三分球也无法挽回场上的局势。

说是“越急于求成，越一事无成”，也一点不过分。

最终L被换下了场，我看见他坐在休息的长椅上，一直深埋着头，旁边放着未开启的纯净水——到赛事结束，L都未曾把头抬起过，谁也看不清他当时的表情。

之后的几场比赛上，L似乎被什么牵绊着，最好时也只是发挥得平平，更多的时候是像那场“全明星”赛一样，无法冷静自己的情绪，更无法像以前一样控制全场。也有几次被换下场，甚至有一次被罚下场。

那天晚自习前的比赛结束后，我和好友们结伴回教室。

“你们听说了吗？班花好像收了L的情书。”

“不可能的，班花不可能喜欢L的。”

“为什么？”我尽量控制自己的情绪，假装随意地参与她们的讨论。

“自然是她名花有主了，有人说经常看见她和××中的某君出双入对的。”

“真的假的，我早说嘛……”

如果一定要把两件相隔甚远的事联系在一起，也是可以的。世上所有的事物本就是有千丝万缕的牵连。所以一定要把L球场失意的原因与那封久久未有回音的情书联系在一起，也未尝不符合逻辑。

我却宁愿相信这是自己一厢情愿的臆想，是一粒脱离土壤的没有现实养料供养正处于休眠中的种子，无法萌发成蓊郁的胡思乱想。

五

已经忘了从什么时候开始，我会翘掉第三节晚自习，只是漫无目的地在学校四处闲荡。这是在不自觉中就形成的习惯，对L的喜欢也是这样。那些安睡在冰面下的流水般的心情，自顾自地来回波折，不会在意外面的世界正处在哪种气候。也许季风携着丰沛的雨水恰好经过，就让它经过。

那天我像往常一样绕过操场前的竹林，篮球敲击地面的声音在耳畔响起，待视野里最后一抹墨绿都隐去——L出现在空寂的球场上。

我没有更进一步地接近，而是保持着与L惯有的距离，坐在场外的长椅上，看他运球上篮、投篮，有时候他会放下手中的球，让眼神停泊在一个地方，静静地站立着。脱离人群的L依然是清瘦背影，浅黄头发，却有种让人可以轻易接近的错觉。

也许是这错觉给了我勇气，当L回头望向我这边时，我并没有闪躲，当他朝我走近时，我也没有退却。L坐在长椅的另一头。

“你也在这儿啊，挺巧的。”出乎意料地，他还记得我。

“是啊，挺巧的。”我望向L，他仍沉着头。一束倾斜的灯光打下来，刻出他眼角眉梢的线条——他依然是那个活跃在众人舞台上的好看少年。

夜色沉寂了平日的喧躁，让思绪如水滴滴落在空阶上。在夜色里，我们的交谈也渐渐随意起来。

“你最近的球赛好像发挥得不是很好呢。”还是止不住内心的疑问。

“嗯……最近总找不到感觉。”

“渐渐会找回的。”

“但愿吧。”

交谈里我望见了L的许多侧面，也许他只是个热衷于篮球或某项电玩的少年，也会用一些不新颖却足以动人的方式向喜欢的女生告白，会温柔地对待、诚恳地守护喜欢的人。而最终的最终，他会成为某个隐没在人群中的浅色背影。

他可以是普通的，温暖的，也可以是众人瞩目的，只是他始终不是属于我的少年。

我依然将这样的习惯不动声色地保留着。也并不是天天遇见L，但遇见时多多少少能寒暄几句。夜晚的篮球场似乎成了L幽暗情绪的出口，而日日出没这一方小天地的我，早已沾上了这里的每一寸气息，所以也许我自己也成了出口的一部分吧。

曾经最难过的L，从我这里走出去过。

L难过时话会少很多，他会比平日更加专注地去投篮，站在固定的地点，连续不间断地投篮，只是几乎都无法射进。

其实他只是尽力去专注其他事情，以便治愈对某件事的耽溺。

有一次他投了二十多次也没有一次投中，第二天进行的决赛上并没有他的身影——教练把他从决赛的名单里剔除了。

还有一次L投篮不进的次数更多，每次都不偏不倚地将投射点落在篮筐的右上方——我开始怀疑他也许根本不想投进。

不知道过了多久他才放下篮球，走到长椅边，固定地坐在椅子的另一头。

“她拒绝我了。”L的声音很轻，像一张可以轻易揉碎的纸张，“她说‘我们并不适合’。”

L被班花拒绝的事我之前已听过相关的传言，她们说班花在天台上把那封情书递还给了L。L就默默地在天台上待了一个下午。后来L对我说，那时的他就算离开，也不知道要去哪里。

“可能是我写的情书不够感人的缘故。”我在之前想了很多宽慰人心的言语，却不知怎的说出了这样不足分量的宽慰。

“不，是我自己不够好。”

“也不能因为这一件事就否定自己。”

“可就算明白大致的道理，难过起来还是没法控制的。想来想去还是自身的原因。”

我终于再说不出一句激励的话，于是只能陪L静默在那里。

“不过都发生了，也是没办法的事。”L望向我这边，用着无可奈何又无比坚定的语气。

“嗯。再说假期里还有篮球赛。到那时努力打好啊。”

“假期啊……说起来很想抽时间去旅行看看。”

“L你想去什么地方？”

“嗯……总之要很远，去的地方要有很高的山峰，山的下面是很密的森林，峰顶上有一些积雪。”

“太远的地方，一个人会很危险的。”

“当然要拉一帮子朋友。你也可以一起来的……”

我们交谈的内容就在不觉中从沉重过渡到轻松。一切都由L发起，也是他将自己的悲伤释然的过程，他一直把握着我们的交谈。虽然有好几次我觉得可以宽慰他，可以拉近我们之间的距离，能够涉及他的内心。但在那些我试图将目光投向L，并期许他会回应的瞬间，L总在注视着其他的地方。

而我们之间的距离，不过是长椅的这一头与另一头。

那之后的很长一段时间我都没有再遇见L。晚上的球场重归从前的宁静。再遇见L大概是一个月后的事情，那天他没有打球，戴着耳机坐在长椅上，左脚在地面上打着节拍。

我们打了个照面，交谈了几句。

“挺巧的，又遇见你了。”L放下耳机。

“嗯。最近几场友谊赛你打得挺不错的。终于找回感觉了。”

“也不知道怎么回事，手感渐渐就回来了。不过到学期末了，比赛的次数也没多少了。”

“对啊，快考试了。”

……

像所有的往昔那样，我们零零碎碎地说些什么，一直坐到最后一节晚自习结束的铃声响起，校园在一瞬间喧哗起来。在那些叠加的声音里L重新戴上耳机，对我挥了挥手，就转身离开了。

在嘈杂慌乱的背景里，有一些话哽咽在我的胸腔，它们被刺耳的铃声切断，被L耳边的乐音取代，成为某一段华彩里脱落的休止符。

“那一刻我就算离开了，也不知道要去哪里。”脑海里忽闪过 L 难过时深埋着头的剪影。我终于切身地懂得他当时无助空茫的心境。那个夜晚的交谈像往常所有未完成的对话一样，L 开了头，却忘了将它结束。这对于他来说本就是些无关紧要的记忆，不足以与某一场篮球赛或班花的一个微笑放在同一个天平上。当他的生活找回了原有的轨迹，他不再需要某一个人听他难过时轻薄如纸的声音，他会一如既往地、安好地，活在真正属于他的世界里。

我翕张的嘴唇吐露出的轻微音符，在那个最终回的夜色，指向他那被巨大河流淹没的背影。

再见了，L。

六

说再见并不表示就是结束。有时它意味着一个新的开始，一个以过去为依托，却又渐渐与过去疏离的开始。

假期里，我一个人去很远的地方旅行，只是忽然想起，也从未忘记过 L 那句随意的邀请。于是背着沉重的旅行包，坚定地上路。

我去爬很高的山峰，山的下面是稠密的森林，峰顶上有一些终年也不消融的积雪。

深山很静，静到回音足以捏造回音，轻叹可抵轰鸣。我却没有在这沉寂的山林里，找到《2046》中那棵寂静又纷扰的花树，没有能够在树上挖一个洞，把秘密深埋在里面，再用泥土封缄成虚无。

我还是怯弱地选择将它们安置在心中的铁盒里，待铁盒被青苔布满，待苍翠驻扎进每一寸泥土，终于长成那棵很多人穷尽一生去寻找的、可以封缄一切的、寂静又纷扰的花树。

我想那时，秘密也不再是秘密了。

其实我需要的只是旅途中某一个单独的瞬间，看未涉足过的广袤天地如何将你的身影湮没，溶解，稀释，再一起向我袭来。

持续聒噪的蝉鸣、雨后澄澈的天宇、苍翠起伏的山峦，都是隐匿了你的风景。

在最后的最后，我还是掏出手机，按下了你的号码。其实我一直都想亲口对你说：

我已经不想再用绵长的铺陈，即使再怎么语无伦次，即使最终的最终，我的声音还是无法触及你。

像所有那些我们安坐在一条长椅的晚上，灯光把你的身影照得昏黄，你成了漂浮在光阴河流上一张泛黄的旧照片。

而我在每一寸橙黄里，呼吸着有关于你的华彩与光亮。

你在我的生命中打开一扇门，照亮了一条通道，填补了我生命中大片的留白，让我甘愿接受“早知道会是这样啊”的结局。

我们从陌生，到假象的熟悉，再回归到陌生。曾一度以为可以进入你的内心，也曾尝试过在现实里更接近你一些——却还是跟不上你的脚步，或者说我始终都在原地踏步。

这些都是你看不见的，我内心的起伏、挣扎与释然。

这些都只是我一个人的断简残章，是别人看来千篇一律，没有必要去反复上演的剧本。

也许我不能喜欢你到天边的火花都枯萎，但真的梦想过与你并肩去看一场烟火。

七

这些都是我一直想要对你说的。

只是我不曾按下，绿色的通话键罢了。

空旷的山谷里，是一片巨大而翠绿的静音。

给小玉的一封信

包晓琳

包晓琳

上海最世文化发展有限公司签约作者

我不会煲鸡汤只会说故事，在我的故事里，正义和柔情永在。

已出版作品：《阴阳：特殊案件调查科Ⅰ》《红豚：特殊案件调查科Ⅱ》《爱要说，爱要作》

见字如面。

小玉你好吗？我还是老样子。

每年都写很多的字，看很多的书，比咱们上学时写得多好多倍，看得多好多倍，我一度认为这是对我荒废学业的惩罚。

还记得，大学四年我一直睡你下铺，大三那年我们寝室搬到一座老楼，谣传有蟑螂出没，有理工科的学长半夜耳痛——校医院给出的诊断是，蟑螂钻进了耳道，一时间，吓尿了新搬进来的同学。

我收拾床铺，抬头望一眼床板，担心睡到半夜蟑螂掉落。第一宿，摸出了耳机，听了一夜的music radio；第二宿，我战战兢兢地爬上上铺，征得你的同意，和你挤一张小床。

外面是三十几摄氏度的盛夏夜，里头是没空调没电扇的八人女寝室。

我问你热吗？热我就打道回府。你说那蟑螂钻你耳朵里怎么办？

我说没关系，我有耳机，可以听music radio，再不行，就听方圆老师讲故事。你说不行，耳机塞时间长了，会聋的！

你怕我耳聋后就听不了你念叨喜欢的男生，收留了我一周；我怕你热出一身痱子，于是，周末拉你去给床板做布罩，顺便买包蟑螂药，斩草除根。

回来的路上，竟遇见传说中蟑螂入耳那位倒霉学长，而你一眼就认出了和他同行的室友——一年多没见作为交换生去北×大的学长了，那天你兴奋异常，掐肿了我的胳膊。

大学的第一个学期，我们把大把时间花在排演文艺节目上，虽然上了一所 211 综合大学，但我也不知道，为什么上课的时间还没有出入校礼堂的时间多。那个时候，似乎很多事情就像这样懵懵懂懂的，包括上大学是来干吗的，不听课考试真的会挂科吗，究竟是社团活动重要还是学业重要，有男生追的话就可以谈恋爱了吗？以上问题，似乎都没有一个准确答案，正如你很喜欢的导演杨德昌说的，那个时候，我们“没有人知道自己想要什么”。而就在这个一头雾水的大一，你我认识了华子学长和三八学姐，他们好像什么都没告诉过我们，又好像，教会了我们许多。

首先我和你摆正三观重新定义了男神这个词语。高中时，男生只要长相不差强人意，再稍微有一点点运动细胞，就能轻易将昏蒙状态的女同胞迷个七荤八素，可大学就不行了，只开这点外挂就太小儿科了，这与我班那些“蘑菇”有什么分别。由于缺少日晒，长期蹲守角落啃书的我班男生终年散发着发霉的味道，不只会长出蘑菇，还有可能生出木耳和狗尿苔。总之，一想到这些男生，就是油腻腻、滑溜溜，煎饼、水杯、政治经济学和白花花的头皮屑——由此我断定招生老师是一灭绝师太，不知与我院女生什么仇什么怨，特意将歪瓜裂枣男全部收入麾下，以绝我院女同胞风花雪月之路。可她有所不知，在我们心中，风花雪月才是考上大学的根本目的，绝对不是上大课修学分听没精打采的老师捧着书照本宣科，谁阻挡姐妹们寻找幸福就是公敌，于是我们痛恨这位招生老师，在无数次寝室卧谈中问候了她的直系亲属。

是华子学长，让我们打破了对本校无男神的绝望，他是十大校园歌手，弹得一手好吉他；是学生会文艺部长，组织得一手好活动；是音乐社团的主席，认识一票文艺小青年；是侃大山小分队队长，幽默逗趣是他的天职。这样一个人偏偏又很随和，在学妹面前像姐姐，在学弟面前是哥哥。自打认识华子学长的第一天起，我就明白了一个道理，华子学长是我校女生的公共财产，谁想独占他，谁就是跟全校女生作对，就要面对全校女生虎视眈眈的目光。这样一个人，我本该像你一样一见到他就小鹿乱撞，眼睛不知该往哪儿瞅，往上对上眼，往下对上裆。可我就敢直视那双传说中“一闪一闪亮晶晶”的眼睛，就敢拍他肩膀，只因为在我看来他有两个致命缺陷——上大学前我妈说了，决不能找留长发的男生，大一下半学期《流星花园》才红得发紫，我确信我妈没看过F4，所以才会食古不化，如果我妈见过F4，一切都会不同了；华子学长还抽烟，我爸不抽烟，大爷大舅们也不抽烟，我猜自己有点恋父，于是得出强盗逻辑：抽烟就是学坏，小痞子才抽烟。

而你应该也记得关于华子学长传言的诸多版本，其中最离谱的是说他有一年暑假北上找高中同学玩耍，他背着一把木吉他走在西单的地下通道里，因为太闲加上突然兴起，想学“西单女孩”卖唱，挣一张火车票钱。他在一个乞丐旁边放下琴匣，掏出五张一块依次摆好招商引资，修长的手指轻抚琴弦，唱起王菲的《我愿意》。乞丐从睡梦中惊醒，卖内裤的小贩竖起耳朵，华子学长睁开双眼，一张张花花绿绿的人民币纷纷落下，华子学长嗅着孔方兄的香味陶醉在自己的歌声里，等他再次睁开双眼，一旁的乞丐不见了，一个如花似玉的大姑娘眨巴着大眼珠含情脉脉望着他。

她说：我要跟你好。

华子学长以为姑娘是乞丐变的，要抢他的车票钱，吓得抱紧了吉他，夹紧了双腿，收起了琴匣，丢下一句“我不认识你”打算扬长而去。却发现被姑娘施了定身术，迈不开腿，原来是姑娘把他当成树，把自己当成了一只考拉。

她说：“留下你的联系方式，天南海北，我去找你。”

学长只当她开玩笑，想都没想就把自己和室友的手机号排列组合，攒成一个新号留给她。转年快要寒假，姑娘出现在学长寝室，一见他就破口大骂。原来11位的数字，姑娘发动本校数学系同窗重新排列了一学期，总算猜出一个11位的新号码，姑娘打过来，劈头就问：“去年夏天在西单卖唱的是你吗？”学长室友冰清玉洁，刚欲反驳我何时卖过？

抬头望见上铺高悬吉他一把，毫不犹豫就将学长出卖。

此女来自北 × 大，被学长的歌声倾倒，为他驻足转身，愿以身相许。学长坐怀不乱，将她送至火车站，临走留话一句：萍水相逢，有缘再聚。一时间，被传为佳话。

在我们第 N 次听三八学姐八完这段“韵事”之后，我跟你交换了一下眼神，我在你的目光里看到了满满的“真帅”，我猜你在我的目光里读到了满满的“扯淡”，我不是不信华子学长有这等人格魅力，而是太相信三八学姐有给故事添油加醋的能力。

不怕你骂，至今我仍怀疑，三八学姐是华子学长的旧相好。因为关于华子学长 80% 的黑历史都是从三八学姐那儿听来的，说起华子学长她如数家珍。试问，一个女生怎么会对一个男性友人如此关注，如果不是她暗恋他，就是她确实热爱八卦事业。当年崇尚理性的我认为是后者，而罗曼蒂克情怀泛滥的你坚信是前者。我说有本事，你拿出证据来。

你掰着手指头，数，第一，他们一个系；第二，他们都是文艺积极分子，一个歌喉嘹亮，一个长袖善舞；第三，他们是工作关系，一个是文艺部部长，一个是文艺部副部长；第四，我觉得他们很般配；第五，坊间总有他们的绯闻。

除了第四点是你的主观臆断，第五点是坊间传言。前三点的确证明他们走得很近。于是我在你的蛊惑下动摇了，开始想从三八学姐身上挖出点什么猛料。

我偷偷去问三八学姐："你觉得华子学长怎么样？"

"傻 × 一个。"

"可学妹们都喜欢他啊。"

"因为她们都不知道他的真面目。"

"那你知道吗？"

"知道啊，傻 × 一个。"

于是，我们的对话就陷入了死循环。

有价值的猛料，特别是关于他们两个的有价值的猛料，我从没在三八学姐的口中套出来过。

直到后来，你听说华子学长喜欢了一个姑娘，是和三八学姐一个寝室的。

作为华子学长和三八学姐双料脑残粉的你开始跟我抱不平："你说那个 ×× 有三八学姐好看吗？"

我摇摇头。

"有三八学姐有意思吗？"

我摇摇头。

"有三八学姐跟华子学长般配吗？"

我摇摇头。

"那为什么华子学长喜欢 ×× ？"

我还是摇摇头。

“我想知道，你替我去问下华子学长喽？”

我点点头，继而反应过来，迅速摇摇头。

我被你的四个问题轮番念紧箍咒，最终拗不过，借着社团工作的机会去问华子学长。

“学长学长，你是不是喜欢 ×× 啦？”

学长点点头，继而说，这两天已不止一人来问过他同样的问题，我是第 39 个，第 38 个是三八学姐，她留给华子学长一个手机号说：“喜欢 ×× 你就赶紧追，傻 × 一个。”

“学长学长，那你打了吗？”我指的是那个手机号。

学长点点头：“打了，一个男的接的，让我离 ×× 远点，还骂我是傻 ×。”

那天晚上我和你在水房洗脚，同步收到三八学姐的短信：“南门口烤串店，速来。”

我们动作一致地用袜子擦了脚，穿起夹角拖鞋呱唧呱唧地冲到南门口。

路上你一直掐我手，我说你掐我干什么？你说你也喜欢华子学长。

我说你喜欢华子学长掐我干什么，你说，你特怕华子学长因为 ×× 的事难过。

可五分钟后，我们看到的华子学长分明没有你想象的难过，倒是有一个人，显得比他还难过。

十八个绿色的雪鹿瓶子一字排开，后面藏着三八学姐那颗小脑袋，而华子学长貌似神志清醒，正抱着吉他，唱着“妹妹你大胆地往前走”。

“妹妹你大胆地往前走哇，往前走，莫回呀头……”

你走过去推推微醺的华子学长，泪水汩汩涌出，口中喃喃自语：“天涯何处无芳草。”

我走过去推推烂醉的三八学姐，她从桌上刺溜到地上，眼泪哗哗地流：“何必单恋一枝花。”

那天晚上，华子学长把三八学姐扛在肩上，我和你目送他们二人出双入对地远去，三八学姐一路大叫着“傻 × 一个”凌空飞踹，华子学长一路沉默不语特别有武侠小说里大侠的气概，我的胳膊被你掐出了一块黑紫黑紫的瘀青，几乎和三八学姐脸上的瘀青一模一样，据说那天下午她刚跟同寝室的 ×× 打了一架。

毕业后我一直跟三八学姐保持着联系，看着她出嫁，生小孩，记得有一年在一起吃饭，聊起大学时的往事，我替你问过她：“你到底喜欢过华子学长没啊？”三八学姐露出诡秘的一笑，依旧还是那句话：“他啊，傻 × 一个。”

据我考证，纯洁的华子学长只存在于你这种脑残粉的想象中，从一开始我就预言华子学长是个痞子，不是因为他手中夹烟，长发及肩，而是一张泛黄的相片。这张相片被华子学长雪藏在钱包里，屡次在他替学弟学妹们埋单时若隐若现，几乎成了一个神秘的存在，我有缘得见冰山一角，虽是一晃而过，却看到一群造型杀马特的少年。

就在我们成功举办了校园卡拉 OK 大赛的庆功宴上，不胜酒力的你早已倒下，无缘得见酒过三巡的华子学长歌颂青春，他从钱包里抽出一张相片——我也说过，这张相片已屡次在他替学弟学妹们埋单时若隐若现，几乎成了一个神秘的存在——大家顿时两眼放光，仿佛在见证什么伟大的时刻，相片上有八个男生，或许不止八个，被华子学长弹琴磨出老茧的食指一一滑过："他们都是我从小到大最好的哥们儿。"

我们浑身鸡血沸腾，想听华子学长讲述他基情燃烧的青春，可紧接着，这位不按牌理出牌的讲述者就断绝了大家所有的期盼，他指着灿烂笑容之中最灿烂的一个笑容。

"这个是我，这里头只有我上了大学，连我爸妈都说是个奇迹。这几个，人都见不着了，死的死，进去的进去……"

我们瞪大眼睛试图记住相片中的每一张年轻的面孔，那些在学长的追忆里平添了悲剧色彩的少年，那些和他一样有着闪亮的眼睛，挺拔的鼻梁和迷人的表情的少年，他们身高不一，穿戴不一，神情迥异，可最终我能记住的面貌却只有一个人的样子，他们都变成了华子学长，长发及肩，手里夹烟，会弹吉他，喜欢说笑，有女人缘。

酒醒后的你曾为错过了如此精彩的环节而痛心疾首，我倒宁愿你什么都没有听过，那样的话，你就不会如我一般时常在华子学长身上看到那些“死去”少年的影子——他们常常出现在一场场大大小小的文艺演出里，在华子学长眯着眼睛弹起吉他甩动头发唱着 beyond 或齐秦的瞬间里。

他唱“是缘是情是童真，还是意外，有泪有罪有付出，还有忍耐”。

他唱“每次点亮火柴微微光芒看到希望看到梦想看见天上的妈妈说话”。

他唱“不要害怕不要慌张让你从此不必再流浪”。

那年五月花音乐节，学校大排阵仗，在主楼门前搭起露天舞台，忙坏了我们这些即将升入大二的文艺积极分子，学联念在我院女生形象美气质佳，特别安排了两个加强连的队伍盘踞在舞台两侧，充当粉丝团，不明所以的围观群众只听见一阵阵吱哇乱叫，以为台上来了什么宇宙大腕儿，直接拉高了音乐节的上座率，而你被三八学姐内定给华子学长献花。

你怕玫瑰打蔫儿，将其带回寝室哺育了一宿，谁来瞅一眼，你都要拉我充当左右护法，生怕瞅掉一片花瓣。你说这是香槟玫瑰，代表“我只钟情你一个”，我数了数是 11 朵，你说这是代表“我只在乎你一人”，我说这根本就是一个意思，你说并不是，是两个意思，使得我对祖国语言的理解产生了深深的怀疑。

正式演出那天，你以十九岁高龄穿下你十六岁时买的白色棉布裙，你用我买来遮雀斑的“玉丽”粉底第一次化了妆——这个牌子如今早已绝迹，我还记得广告词是“谁都看不出来我擦了粉”——呸，谁都看得出来！况且你不只擦了粉，还打了腮红，瞄了眼线，涂了三八学姐不知从哪儿弄来的蓝色眼影，活像《喜剧之王》里一身学生妹打扮却一脸浓妆的柳飘飘，放在今天活脱就是一个绿茶婊，但彼时的人类尚且纯良，一般想不了那么复杂。

我们都觉得你漂亮极了，而且从来没有这么好看过。你手捧 11 朵代表“我只在乎你”的香槟玫瑰，在华子学长压轴演唱《月亮代表我的心》时款款走上 T 字型的舞台，那天晚上的月亮特别配合，把自己撑得又大又圆又亮，来代表你对华子学长的心。

你给华子学长献花，他却突然牵起了你的手，竟和有一年春晚，谢霆锋拉着穿婚纱的董洁唱《今生共相伴》的画面如出一辙。华子学长甩一甩头发，从 11 枝玫瑰中抽出 1 枝拿在手里，一边唱“你问我爱你有多深，我爱你有几分”一边献给你，毫无表演痕迹，不矫情，不做作，场面一度又温馨，又甜蜜，无数颗少女心喷薄欲出。

粉丝团不再吱哇乱叫，全都双眼含泪咬紧下唇安静得像鬼，看你在华子学长深情款款的歌唱里，从舞台的左边飘到右边，再从右边飘到左边，你的脸上挂着正牌夫人那种不卑不亢的微笑，频频向台下点头致意，一副母仪天下、老娘拼了的架势。

粉丝团开始互掐旁边的人胳膊，把牙齿咬得咯吱作响，每只眼睛里写满了“凭什么”“算老几”，直到一曲终了，你宠辱不惊地走下舞台，坐回我的旁边，又变回那个脱掉水晶鞋，钻出南瓜马车的灰姑娘。你攥着我的手，眼神亮亮的，把天上撑得又大又圆的月亮都比下去，你的手心里全是汗，你一歪头，我差点以为你要昏厥，你却趴在我的耳边，娇喘连连：“我怎么觉得以后的日子不好过了，待会儿散场，你可得罩着我。”接下来的日子果然借你吉言，我常常发现我们占好的座位书被丢去一边，挂在走廊里的内裤突然不翼而飞的神奇事件，全校女生都化身整天问候魔镜的恶毒皇后。而你，心安理得地在我这个带刀护卫的掩护之下做你的白雪公主。

而华子学长呢，他也好像不再唱“不要害怕不要慌张让你从此不必再流浪”，而是唱起了“你有一双温柔的眼睛，你有善解人意的心灵，如果你愿意请让我靠近，我想你会明白我的心……”只可惜，你们的故事还没来得及开始，他就又坐上了北上的列车，在未名湖畔读你寄去的一纸相思。

我从没像你一样迷恋过华子学长，因为他手里夹烟，长发及肩，我认定他是个小痞子，但他却总是许多年后，我一想到大学，想到大学里的男生，第一个跳出来的形象。当我开始以写书为业，有了一定的读者时，他们会在微博给我留言，我在留言人里面发现了一个 ID，非常像我认识的华子学长，可又不太一样，那个 ID 的主人不留长发，也不抽烟，是深圳一个不知名乐队的主唱，虽然从事着听上去很另类的职业，却有一个幸福美满的寻常家庭，太太会给他烧菜，女儿长得很萌，会用爸爸的吉他弹“一闪一闪亮晶晶”，太太长得跟你像极了，但好像又不是我认识的你。

正如我到现在都不确定，华子学长到底是一个人，还是几个人、一群人，但他们都有着固定的称谓，学长——他们教过学妹非要喝醉的话怎样喝能不伤胃；透露给我们，晚上关了校门从哪儿偷溜出去能糊弄宿管科干部；告诉我们不想挂科就在临考前找高年级套题，因为大学老师多半懒得换去年出的题目；也说起过什么样的男生喜欢爱笑爱闹有趣的姑娘，什么样的男生喜欢文文静静清心寡欲的姑娘。他们饭卡里没钱就跟着学妹到食堂蹭饭，没处自习就心安理得地坐着学妹占来的座位，可如果哪个学妹被欺负，他们又变得比谁都仗义，会拎起那小子的领子放狠话，自诩情场高手却唯独见不得学妹哭成狗，只好食言：“谁说好姑娘都不抽烟，来，来一根，特解愁。”他们比我们年长一到两岁，却最不喜欢老生常谈，通常用实际行动给学弟学妹留下一些反面教材，例如别挂科，别打架，别考研，别单着，别想入非非，也别碌碌无为。他们曾经都是男神，却在多年之后，你再次见到他们的时候，解甲归田，左手抱小孩，右手牵太太，太太牵着狗，一家四口并排走。从他们的眼睛里，我再也看不到青涩倔强的星芒，却有一整个浩渺温柔的宇宙。

我发现，他们都像极了我想象中哥哥的样子。

所以我希望，是你右手牵着狗，左手牵着他的右手，他的手里抱着小孩，你们一家四口并排走。如果是那样，你关于华子学长的记忆一定比我多得多，长得多。

让我们倒回华子学长从北 × 大交换回来的那一年。

我眼看着他的身上又闪现过那些少年的影子，因此他放弃了顺理成章的工作，去深圳闯荡，混过小酒吧，唱过午夜场——在别人眼中看似不切实际的生活，却是他每天每天挂在嘴边的梦想。再跟三八学姐聊起他，我们俩都会不约而同地摇摇头，齐声叹道："傻 × 一个。"可我没想到，这世界上的傻 × 不止一个，从此以后，又多了另一个。

我发现你在每个凌晨我们都睡下之后跑去走廊里偷偷接他的电话；攒下买羽绒服的钱在冬天买了电暖气寄给他；不听你爸爸妈妈的话没有报名研究生考试，把我们上考研班的时间都用来打工赚外快。于是我和三八学姐聊起你，我们俩都不约而同地摇摇头，齐声叹道："傻 × 又多了一个。"

还记得大四毕业那年，你说要去深圳，我们大吵了一架，我劝过你不要去，我大骂过华子学长是扶不起的阿斗，只有你把他当男神，你当然没听我的，否则也不会这么久都不敢跟我联系。

后来我辗转听说你在深圳换过很多工作，听说你为了坚守一份爱情吃了很多苦，流了不少泪，我现在还能记起你离开那天的样子，毅然决然的，像是刘胡兰要上铡刀前的样子（就是小学语文课文印的那张），那时的你就梳了个妹妹头，眼睛里全是奉献、牺牲、希望，还有爱。我知道你已经深度中邪，八成被地下通道里那个眨巴着大眼珠子说着“我要跟你好”的傻妹子上了身。于是你也要学她，天南海北，我去找你。简单地说就是四个字，你玩完了。

你说你喜欢华子学长。

我说你喜欢他掐我干什么。

你说你要走了。

我说，你走你走，有本事你就找到他，嫁给他。

然后你这个脑残粉就真的走了，你踏上了南下的火车，从此便杳无音讯。

所以当这份喜帖寄到我家，我在一堆信用卡账单和挂号信里抽出它来，看见那两个熟悉的名字：张涛华，傅晓玉，让我有些恍如隔世。

我们失去联络八年了，你跟他在一起八年了，你们的孩子已经两岁多了，你们才想起来办婚礼，重点是，才想起来请我去！

写到此处，我很想画风突变，用最怨毒的话问候你的直系亲属，可我突然想到，这一切都是我希望的，不枉我为你暗中祈祷了十年，不枉我偷偷在那个ID上寻找你的影子，不枉我总是幻想有一天，再次见到你，能像你一直意淫的那样，不再叫你小玉，而是以一个学妹的身份，叫你一声，嫂子。

嫂子我错了，华子学长不是阿斗，他是阿甘，是大智若愚的阿甘，是有理想有追求的阿甘。可你也别忘了，华子学长还是我校女生的公共财产，谁想独占他，谁就是跟全校女生作对，不过你也不可能把她们都请来，对吧？总而言之一句话，请嫂子放心，作为伴娘的我和作为鉴证人的三八学姐保证完成本次光荣任务，在一周后的婚礼上，为你和学长充当左右护法。

祝你幸福。

虽然这句祝福迟到了十年，但我希望，还不算晚。

——睡在你下铺的小丸子

恋慕危机

梅骁

梅骁

上海最世文化发展有限公司签约作者

人生唯一志愿是成为了不起的小说家。

发表作品：《我讨厌的大人们》《恋慕危机》《我遇见一棵树》《运钻人》《我不相信人生》

一

他破门而入，男孩阻拦不及，被他撞向墙壁，然后落到地板上。

二

东里平，高二，因为恋爱被学校发现，目前停课中。

葵站在他家楼外翻看着手上的资料，忍不住叹了口气。

本来不是多么严重的事情，学校对学生的恋爱向来睁一只眼闭一只眼，每个人都有过青春期，也不会认真对小孩们的情愫赶尽杀绝。

只是他的恋爱对象终究特殊一些。

“有部叫《神探伽利略》的电视剧，讲的是天才物理学家汤川学用自己的学识帮助女警内海熏破案的故事，后来内海熏办案时越来越依赖汤川，总去找他帮忙，以至于占用了许多他本应用来做研究的时间。有一天汤川的助手叫住内海熏，请求她不要再这么频繁地找教授协助办案，因为他并不只是一个简单的教授，他是天才，他是有希望在有生之年革新物理学进程，可能许多年都不会再遇到一个的天才，这已经不再只是他的个人选择，而是他身为天才，对这个世界所应担负的责任。可即便是天才，要做到那种程度也是需要倾尽一生力量的，有多少天才或被世俗事务缠绕，或为人类寿命所限，而无法实现他本应对世界的贡献，最后泯然众人。如果汤川教授再这样将时间和智慧挥霍在世俗的案件上，他便只能作为一个普通的物理教授终老一生。”会议室里校长对着大家说，“是这样严重程度的问题。”

与东里平恋爱的就是这样一个女生。

十七岁就已经在权威科学杂志上发表了四篇生物学论文，以先锋而严谨的研究成果，引起了国内外科学界的注意，全国最好的大学已经邀请她入学，甚至可以立即出国深造。

但女生都拒绝了。

因为这样的她和每学期都至少有两门课会不及格的东里平正在恋爱中。

“如果只是因为这样的原因，这样的男生，影响了她前进的脚步，那我们便不只是少了一个名誉校友那么简单的事情了。”校长毫不隐晦对东里平的看法。

会议室里一片安静。

“至少让他们俩这三个星期不要联络，给彼此一个冷静反省的机会，三个星期后，如果还是执意在一起，那我们再商议如何把影响降到最低。”校长说。

这也是学校开出的条件，让他们两个人在这三个星期里先不要见面，之后怎么样，是可以商量的。

于是去东里平家做家访并时时与他保持联络，让他不要冲动地好好独自反省三个星期，便成了棘手的任务。

做不好的话，便会影响“未来可能改变科学发展进程”的生物学天才少女，责任太大，无法扛起。

平原本的班主任迫于压力已经辞职。

现在自然更无人主动请缨。

“要么……我去试试。”葵轻轻地举手。

会议室的气氛明显松弛下来，烫手山芋终于有人领走，校长激动地握着她的手，要她好好努力。

可要怎么努力，她却毫无头绪。

她再次核对手上的信息，确认无误后，深吸一口气，按响了门铃。

里面那道门打开，男生隔着防盗门的窗纱戒备地看着她：“你找谁。”

“我是你的新班主任葵，是来家访……”

“家长都不在。”男生砰地关上了门。

她耐着心重新敲门，男生再次出现在她面前。

“还有两周你就结束停课了，学校想知道你现在的想法，请务必与我谈谈。”葵的语气已近于祈求，这是她的第一份工作，无论如何都要完成。

男生叹口气，打开防盗门：“那你问完快走。”

果然变成被嫌恶的大人了吗？

葵没有料到，离开故乡三岛时，曾经那么意气风发地想要成就些什么、创造些什么的自己，如今已经变成了会被小孩嫌恶的大人。

看着东里平的背影，葵一瞬间有点晃神。

三

葵大学毕业那年，妈妈让她回三岛来，生活轻松，没有压力。她偏不肯接受，自作主张考研去了北安，总认为外面才是她的世界。读研、工作、失恋，折腾了一圈，还是回到了这个小地方。

不但发现外面的世界里并没有留给自己的位置，还已经成了妈妈口中不好嫁人的大龄女生。

于是被妈妈推荐进她已经服务一辈子的学校工作，同时紧张地参加她安排的每一场相亲。

每个周末被逼着去见不同的男人，大多喝完一次咖啡后，便再无音讯。

“女研究生”“二十七岁”只这两条已足以将三岛大部分适婚男人吓退。

每次去都是失望，她说不想再做这样的事，妈妈红着眼眶问她：“那你打算怎么办，就这样一直等着吗，等到三十岁、四十岁吗？”

她无言以对。

最近终于遇到不错的男人，大她两岁，事业有成，人也风趣，重要的是看得出是真心喜欢她，愿意待她好。

于是便持续约会下来。

学校那边也让她做了班主任，似乎一切都开始步入正轨。

大概这才是应该属于我的生活吧。

她不无轻松地想。

东里平的事情是比较棘手，但想来总归不过是小孩子谈恋爱罢了。

她被平带着走进客厅，才看到里面坐着另一个男生，二十五岁上下，不算特别好看的样貌，眼睛很小，身材瘦瘦高高，一副值得信赖的样子。

看到她进来，他的表情竟好像比东里平更加戒备。

茶几上放着一台电脑，放着某部美国情景喜剧。

“这是我哥。”东里平说。

资料上确实说了他是次子。

“不是说家长都不在吗。”

“我哥不算家长。”

“喜欢看情景喜剧？”葵问东里平。

“才不。”他说，“情景喜剧这种东西，无趣死了。”

她看着两人，被称作哥哥的男生稍稍放松了一些。

“可以让我和他单独谈谈吗？”她问。

“不行。”他吐出两个字。

她露出不解的神情。

“我说，不行。”他慢慢地说。

四

石桥现在依然记得初遇女友时的场景。

她高二转学过来，穿着一条红色长裙走进教室做自我介绍，声音打着旋飘过教室落到他耳朵里。他看着她亭亭地站在讲台前，脑海里突然间闪出很多年以后两个人一起在夕阳里遛狗的画面。

“我好像遇到了以后要跟她结婚的人。”他心怦怦跳着发信息给好友。

高中、大学、毕业，一起回到三岛工作，他们熬过了不被看好的校园恋情，经受住了异地的考验，现在每天按部就班地上班、约会。

一切甜蜜如昔，感觉不日就可以开始准备婚礼。

遗憾的是还没有正式拜见过未来的岳父岳母。

年少时，因为这段恋情，与长辈发生过些许言语冲突，后来彼此遇到，多少都有些尴尬，现在既然结婚已经提上日程，那登门拜访便是早晚的事，女友除却恋爱，在人生其他方面都是乖乖女，不能让她为难。

可时机总不凑巧。

他们工作太忙、爸爸生病了、妈妈要帮着筹备别人家的婚礼，等等，女友口中的父母似乎格外忙碌。

拜访的事情就这样拖了下来。

直到有一天，他忽然怀疑，是不是女友并不希望自己前去拜访。于是他再一次装作无心地提起。

“就这周末，好吗。”

“好。”女友的表情放松里带着一丝不易察觉的黯然，“我是怕你并不是真的想去。”

五

“爸爸妈妈呢？”葵在客厅坐下，问东里平。

“旅行去了，家里只有我们俩。”他说。

她看看坐在旁边的哥哥，执意留守在旁，想必是很关心弟弟。

“方便的话，留个手机号吧。”葵对他哥哥说，拿起他放在茶几上的手机，拨自己的号码，响了一声，“因为下周还要再来一次，如果到时父母还没有回来的话，希望你还能在场。”

哥哥点点头。

“东里的哥哥”，葵用这个名字把号码存进通讯录。

她再次问，能不能让东里平和她单独聊一聊，平看了哥哥一眼，哥哥起身离开客厅。

“你们没有联系已经一周了，有好好想清楚吗？”葵问。

“这样强行隔开我们，只会让我更想念她吧。”

“如果停课无限期持续下去的话，对你其实更不好。”

“老师你是相信这世界上有爱情的吧。”东里平突然说。

“就只是看着她，就会觉得很开心。两个人牵着手，不管去什么地方，多无聊也好，都觉得是值得的。每天都想快点把作业写完，好腾出时间来，好好跟她讲话。不讲话也没关系，只是靠在一起静静地坐着，也是好的。”东里平说，“像这样，算是真的爱情吧。”

算是吧，如果不是错觉的话。

“真爱当然存在，但你说的真爱，很凑巧地与你生在同一个地方，上着同一间学校，还在同一个班级。”葵说，“你不觉得这样的概率小到，让人不得不怀疑你所感受到的，只是错觉吗？”

“而且，你比我更清楚。”葵继续说，“她和我们都是不同的，她应该去做更了不起的事，这样耽误她，太不负责任了。”

“我们两个人的事，为什么还要对别人的人生负责。”

葵愣住了。

“老师有喜欢的人吗？”他忽然问道。

“世界这么大。”没等葵回答，他兀自说起来，“遇到彼此喜欢的人，是一件很难很难的事吧，我知道她可能不是那个会跟我白头到老的人。”他继续说，“但她也可能是啊。”

“说改变世界什么的，也太狡猾了吧。”

葵说不出话来。

老师有喜欢的人吗。

她起身告别，他没有站起来送她。

经过卫生间的时候，看到门虚掩着，他哥哥正站在门边听他们讲话。

她想说再见，门却被赶忙关上。

她只能隔着门：“下周见。”

走出来的时候长长舒了一口气。

六

回家路上接到交往对象的电话。

“到家了吗？”他问。

“刚从家访的孩子家里出来，在路上。”葵说。

“我刚下班，一起吃点东西吧，快一周没见了。”

“好。”

到达约定地点，他已经等在那里，看她过来，自然地揽住她的肩。

她轻轻抖了一下，并没有躲开。

在常去的咖啡馆，他们对面而坐。

他对她讲这一周公司里发生了什么，读了什么书，看了什么剧。

她对他讲学校里遇到什么样的人，要解决什么样的难题。

没有抱怨，也没有庆幸，只是自然地叙述，像是结婚多年的夫妻。

谈话的间隙，她认真打量他。他很好，个子高，样子也好看，事业有成，性情稳定，没有不良嗜好。交往三个月以来，除了过马路时的牵手与揽肩，也没有更主动的亲密举动。她不暗示，他就耐心等候。

再没有比他更合适的人了。

但是……

老师你有喜欢的人吗?

喝过咖啡，他送她回家，他牵着她的手送她到楼下，小区的路灯暖暖地照过来，她转身想与他告别，不小心对视在一起。

两个人同时安静了一下。

经过几秒的沉默，他顺理成章地低下头来想要吻她，她闭上眼本不打算拒绝。

对方的唇凑近，可以感受到脸颊的茸毛和呼出的热气，在双唇即将相触的刹那，她突然侧过脸，在他的脸颊轻啄一下，然后退后一步，笑着与他挥手告别。

说喜欢的话，果然还是有点勉强。

七

石桥局促地坐在女友家客厅。

女友的父母都是教授，有教养、有分寸，礼数周全的外表下隐隐有拒人千里的感觉。

“有七八年没见了吧。”女友妈妈笑着说。

上次见面还是在校长办公室，疾言厉色地指控石桥诱拐他们的女儿。

“小石越来越精神了。”女友妈妈笑容暖洋洋地挂在脸上。

女友爸爸则甚少说话。

“谢谢伯母。”石桥礼貌地点头。

饭后，女友陪她妈妈刷碗，石桥陪女友爸爸在客厅看电视。

“我和她妈妈是不同意你们在一起的。”女友爸爸眼睛盯着屏幕说。

石桥料到会遭遇反对，不曾想这样直接。

“你们都还年轻，我们也不是古板的家长，不会强硬干涉。”可语气却格外肃穆，“我只是想告诉你，她不是个吃过苦、能吃苦的女孩，我知道她当然会说，愿意跟你吃苦，但你是否愿意让她陪你吃苦呢？”

“她会为了你，每天加班加到没空好好保养自己，没空好好锻炼身体，变得脸色蜡黄，心情烦躁，以后生了小孩，变成一个身材臃肿的家庭主妇，且不说她是不是愿意，你舍得吗？”

“但我也在努力啊。”石桥底气不足。

“我知道你在努力，小石，我也相信这世界上一定会有一个更适合你的女孩，与你一起奋斗，但不是她。”

石桥不知道该说什么，女友爸爸的目光灼灼地盯着他。

那些话字字打中七寸，让他动弹不得。

归根到底，还是他不够好吧。

女友与妈妈洗完碗，坐过来跟他们一起聊天。

“聊什么呢？”她问。

“没什么。”女友爸爸戴上眼镜，认真看着电视。

那晚从女友家出来，她把他送上公车，他从车窗上看着她，认真得像是告别。

到家已经接近十一点，手机响起来，是她打来的。

“我们……”女友说，“分手吧。”

“我爸妈不会同意的。”她说。

八

东里平站在房间的窗前发呆。

哥哥坐在一旁，看着情景喜剧，现场观众的笑声不时传过来，东里平忍不住皱起眉头。

“你打算这样多久？”他问。

“至少也要等到这周末那个女老师家访之后吧，说是这周还要见到我啊。”哥哥说。

东里平转身坐到哥哥旁边：“情景喜剧到底有什么好看？”

哥哥按下暂停。

“不好看吗？”哥哥问。

“只是出丑逗乐，很无趣。”东里平说。

“你不觉得它很像生活吗？只有固定几个场景，看久了的话，就会觉得是跟他们一起生活了很久。”哥哥说。

东里平没有说话。

“收视率高的话，会有八九季，甚至更多，很久都不会完结，感觉上，很像一个永远都在身边的朋友。”哥哥说。

永远都在身边的朋友吗？

东里平把电脑转向自己，女主角在洗衣房里第一次吻了男主角，观众也幸福地起哄。

九

女友必然是无法背弃爸妈的吧。

石桥第二天才开始感受到“失恋”这件事的实感。

他打了很多个电话，刚开始还打得通，但没人接，后来干脆无法接通。

他跑到女友家楼下，坐在路对面看着她家的窗口，想着如果自己现在冲上楼去，声泪俱下地挽回，她会不会回心转意。

但终究还是作罢，他做不出这样的事情。

那以后的人生就没有这个人了吧，关于未来的计划也全部要重新来过，想要去的地方再也不会有人一起去。

但如果本就知道要分手的话，为什么还要带他去家里吃饭。

为什么明明前一天还甜蜜如初的两个人，转眼间便可以毫无联系。

你在想着要与她共度余生，她却在想着怎么跟你提分手。两个人的关系真的好复杂。

他想不通。

难道真的像她爸爸说的那样，只是因为他没有钱。

他在三岛没什么朋友，便一个人跑到小酒馆，从中午喝到傍晚，喝得大醉也不会有人关心。

走出酒馆，冷风一吹，便清醒了。

哪有那么容易醉，所有的醉都是难过时的欲盖弥彰罢了。

他沿着马路走，撞到人被骂，也可以不加理会。

越走脑袋越清醒，越清醒越发想不通透。

果然还是因为钱吧。

他沮丧地坐在路边，满心满肺的不甘心。

要是有钱的话，就好了。

十

葵觉得还是应该跟交往着的对象坦白自己的感受，这样对彼此都公平。

午休的时候，她跑到学校附近的花店，想给妈妈买一束玉兰，当作生日礼物，不想却在那里遇到东里平的哥哥，正在五颜六色的玫瑰中间徘徊。

“送给女朋友的吗？”她从背后打招呼。

对方却仿佛没认出她来。

“平的新班主任。”她指指自己的脸。

他恍然大悟，摸着后脑，有点不好意思。

“送给喜欢的女生的话，虽然有点俗气，但果然还是要送红玫瑰吧。”葵说。

他有点为难：“可我不知道她是不是还喜欢我欸。”

葵试着拍拍他的肩膀，又有点羞怯地缩回手。

自从做了老师，她觉得自己理应成为靠得住的长辈，不自觉就会把平辈的人也当作小孩。

“那你最好不要轻举妄动哦，如果女生喜欢你的话，是一定会让你知道的。不管多么害羞内向的女生，如果她喜欢你，一定会让你知道，跨过很多很多障碍，也一定会让你知道。”她笑着说。

他若有所思地点点头。

她回学校准备上课，留下他继续苦恼纠结。

回办公室拿好教科书，走向教室时，在楼道的窗口，看到东里平的哥哥两手空空渐渐远去的背影。

果然是无法确定对方是不是喜欢自己。

去往教室得经过校长办公室，门虚掩着，她正要走过去，却听到了与她相关的内容。

“给那孩子的转学手续都办好了吧。”是校长的声音。

“嗯，那边很乐意接收，下周一就可以去报到。”是不认识的声音。

“这种时候，要放她走，真的很舍不得，但也没办法，为了大局。”校长语气无奈。

十一

又是周日下午，第二次家访。

葵与交往对象好好谈过，他是成熟的男生，话讲清楚就好，这么排斥与他的身体接触，是行不通的吧。已经试过几次还是不行，也就算了。

他表示理解。

就这样和平分手。

来之前，校长郑重叮嘱她："至少，要让他安安稳稳地度过今天这最后一晚，不要出岔子。"

大人们还真是处心积虑得不像话。

她进门时，正遇到东里平的哥哥要出去，打了个照面就挥手道别。

"我爸妈今天就会回来。"他端来茶。

葵知道自己这次来，唯一的目的便是确保他在最后时刻不捣乱。

她最初接下这个任务，是想努力把东里平的思想做通，那样的话，所有人都可以在原本的轨道上继续前行。

但终究无法达成，只能启动第二套方案。

意外的是，她发现自己已经偏向东里平。

如果那个女孩也是这样喜欢着东里平的话，她看不懂为什么他们不能在一起。

逼迫一个十七岁的女孩去担负那样重大的责任，你们这些大人也太厚颜了一点。

退一万步讲，就算女孩真的是天才，那是选择要成为一个天才，还是在寻常生活里谈着寻常的恋爱、得到寻常的幸福，且不说这两者是否真的矛盾，就算真的彼此矛盾，想要度过什么样的人生，无论如何都应该由当事人来决定，也不应该是你们这群厚颜的大人来决定的事情。

她无法说服自己，继续为大人的阴谋充当说客。

“三周过后，我们就不用再这样被禁止联络了吧。”东里平笑盈盈地说。

大人们承诺过，如果三周后，他们依然想要在一起，就会考虑同意。

“我想好了，高中毕业后，她肯定是要去北安读大学的，我从现在开始努力的话，可能还是无法跟她考上同一间大学，但考上北安别的大学还是可以实现的，只要在同一个城市，我们就还可以在一起的吧。”少年无意掩饰自己的笑意。

她不知该如何回应。

“以后可能也会吵架，也会分手，都是有可能的，但我现在真的很喜欢她，她也是这样喜欢着我，那就值得试一下。”他见葵都不说话，以为她觉得无聊。

“老师我最近发现一个情景喜剧很好看哦。”他说。

“你不是不喜欢情景喜剧吗？”

“现在想想，也没那么傻啊，不觉得很像多了个朋友的感觉吗？”

情景喜剧的男女主角终于在一起，他们在夜色里的咖啡馆中深深地接吻。

“我们还没有接吻过。”东里平看着画面有点害羞地说。

安静了一会儿，空气里只有剧集的声音。

“去火车站。”葵看了一眼手表忽然说，“就现在。”

她试过忍住的，但终究未遂。

东里平愣在那里，还是没能明白过来。

“他们给她办好了去北安的入学手续，就坐今晚的火车离开。”她说，“现在去的话，还来得及。”

东里平失神地看着她。

葵站起身朝他深深地弯下腰：“对不起。”

跟着别的大人一起骗了你，对不起。

东里平愣了三秒钟，然后夺门而出。

葵见他跑远，拿起自己的背包也准备离开，走到门口正遇到旅行归来的东里夫妇和一个二十五岁左右的男生。

男生嘴里喊着东里夫妇爸爸妈妈，三人说笑正要进来。

东里家只有两个儿子，那这个人自然就是平的哥哥，可他和这两周来被她当作东里家长子的男生并不是同一个人。

“您好，我是东里平的新班主任。”她自我介绍。

又仔细看东里家长子的样貌，确实跟自己见过三次的那个男生不是同一个人。

十二

走出来才在街角遇到那个两星期以来都被他当作东里家长子的男生。

“他去追那个女孩了？”他却抢先问。

她点点头：“像这样的初恋，其实是很容易分手的吧。人会长大，对爱情的定义也会改变，他们也许运气好，能够一直一直地在一起，也许运气没那么好，只能在彼此的人生里出演一小段剧情。”

“那你为什么还要这样帮他们呢？”男生问她。

她看向他路灯下模糊的脸。

十三

不就是因为钱吗？

那我去抢很多很多钱来，不就行了吗？

石桥敲开一户人家的门，凶狠地闯进去，那户人家只有一个十几岁的男孩在家，他一把将男孩撞到墙上。

但他毕竟不是穷凶极恶的人，坏事才刚刚开始做，就底气不足地先自己泄了劲。

他愣愣地站在门口，看着被撞倒在地的男孩，不知道此刻身为一个坏人的自己，下一个动作应该是什么。

男孩自然也看出了他的颓唐，发现这男生并不是真的要实施抢劫，再仔细看他的神情，与其说是穷凶极恶，不如说是在不知所措。

“你还好吗？”男孩问。

他眼泪一下就流了出来。

分手到现在一天一夜，没有人问过他好不好。

他就势滑坐在地，对男孩说：“不好，一点都不好。”

后来，那个叫葵的女老师过来家访。他害怕男孩说出他业余劫匪的身份，想一直守在旁边监视他们讲话，没想到就这样被记住样貌，还被要去了电话号码。

这样的话，如果下一周女老师来家访的时候没看到他，就会立刻起疑心吧。

那就只能待到下一周咯。

他有点庆幸地想着，他真的不想再回自己那个蜗居的房子里，一个人看着天亮起来又黑下去。

再后来，他在花店遇到葵，那是他想要买花送给女友，哦不对，已经是前女友了，想试试看还有没有挽回的可能，却被葵的话点醒。

“如果女生喜欢你，是一定会让你知道的。”

她父母因为那样的原因反对他们在一起，她因此顺势与他提了分手。

并不是因为钱。

或许是因为在一起太久终究厌倦，或许是她遇到了更好的人。

“不要小看女生哦，如果女生真的喜欢你，无论如何都会为你抗争的。”

“如果没有为你抗争，那所有的借口和理由，都只是因为没有那么喜欢你罢了。”

他恍然大悟。

没有喜欢到可以为他去反抗父母的程度。

没有喜欢到可以为他做出努力和尝试的程度。

终究是因为她并没有那么喜欢他。

十四

后来，《神探伽利略》里的汤川学并没有停止腾出自己做研究的时间去帮助内海熏侦破疑难案件，两个人还成了肝胆相照生死与共的战友，至于这些事情究竟会不会耽误汤川学成为一个留名青史的了不起的物理学家，我们都不会知道。

但这是他的人生，选择怎样去过，应该由他来决定。

十五

“那你为什么还要这样帮他们呢？”时限两周的“东里平的哥哥”这样问她。

她抬头看向他路灯下模糊的脸。

“因为互相喜欢的两个人，就应该在一起。”

所有关于爱的

ZUI Book
CAST

主编　郭敬明

出品人 / 郭敬明
项目总监 / 痕痕
监　制 / 与其　刘霁
特约策划 / 卡卡　董鑫
特约编辑 / 童童　孙鹤

装帧设计 \ ZUI Factor (zui@zuifactor.com)
封面设计 / 胡小西
封面插图 / 熊小熊
内文插画 / 年年　孙十七　舞小仙

出品 / 上海最世文化发展有限公司
官方网站 \ www.zuibook.com
平台支持 \ 最小说 ZUI Factor

图书在版编目（CIP）数据

所有关于爱的 / 郭敬明主编 . — 长沙 ： 湖南文艺出版社，2017.1
ISBN 978-7-5404-7681-6

Ⅰ . ①所… Ⅱ . ①郭… Ⅲ . ①短篇小说 — 小说集 — 中国 — 当代 Ⅳ . ① I247.7

中国版本图书馆 CIP 数据核字（2016）第 155541 号

上架建议：青春 | 畅销

SUOYOU GUANYU AI DE

所有关于爱的

主　　编：郭敬明
出 版 人：曾赛丰
出 品 人：郭敬明
项目总监：痕　痕
责任编辑：薛　健　刘诗哲
监　　制：与　其　刘　霁
特约策划：卡　卡　董　鑫
特约编辑：童　童　孙　鹤
营销编辑：杨　帆　周怡文
装帧设计：ZUI Factor (zui@zuifactor.com)
封面设计：胡小西
版式设计：利　锐
封面插图：熊小熊
内文插画：年　年　孙十七　舞小仙

出版发行：湖南文艺出版社
（长沙市雨花区东二环一段508 号　邮编：410014）
网　　址：www.hnwy.net
印　　刷：北京天宇万达印刷有限公司
经　　销：新华书店
开　　本：880mm × 1270mm　1/32
字　　数：153 千字
印　　张：8
版　　次：2017 年 1 月第 1 版
印　　次：2017 年 1 月第 1 次印刷
书　　号：ISBN 978-7-5404-7681-6
定　　价：32.80 元

质量监督电话：010-59096394
团购电话：010-59320018